FLASHES

romance

FLASHES

romance

SIDNEY
ROCHA

ILUMI/URAS

Copyright © 2020 desta edição
Editora Iluminuras Ltda.

Foto da capa
At the telephone, 1928
Alexander Rodchenko.

Coleção particular
© Rodchenko's Archive
2011, ProLitteris, Zurich

Gravuras no miolo
The Idle 'Prentice Executed at Tyburn:
Industry and Idleness (1747)
Beer Street and Gin Lane (1751)
Four Times of the Day (1751)
The Four Stages of Cruelty (1751)
The Sleeping Congregation 1762
(The Metropolitan Museum of Art)
todas de William Hogarth

Foto da orelha e da página 221
Anny Stone

Revisão
Thiago Corrêa

CIP-BRASIL. CATALOGAÇÃO NA PUBLICAÇÃO
SINDICATO NACIONAL DE EDITORES DE LIVROS, RJ

R576f

Rocha, Sidney. 1965-
    Flashes : romance / Sidney Rocha. - 1. ed. - São Paulo : Iluminuras, 2020.

ISBN 9786555190601

    1. Romance brasileiro. I. Título.
20-66619
                                  CDD: 869.3
                                  CDU: 82-31(81)

Camila Donis Hartmann - bibliotecária - CRB-7/6472
18/09/2020   21/09/2020

2020
EDITORA ILUMINURAS LTDA.
Rua Inácio Pereira da Rocha, 389 - 05432-011 - São Paulo - SP - Brasil
Tel./Fax: 11 3031-6161
iluminuras@iluminuras.com.br
www.iluminuras.com.br

Para Mário Hélio, Marcelo Pérez e Samuel Leon

Sumário

Silêncio, 15
Lázaro, 47
Solidão, 69
Fatalidade, 99
Migalhas, 133
Revelação, 161
Doença, 197

Sobre o autor, 223

Ultimamente – não sei por quê – perdi toda a alegria, desprezei todo o hábito dos exercícios, e, realmente, tudo pesa tanto na minha disposição que este grande cenário, a terra, me parece agora um promontório estéril; este magnífico dossel, o ar, vede, este belo e flutuante firmamento, este teto majestoso, ornado de ouro e flama – não me parece mais que uma repulsiva e pestilenta congregação de vapores. Que obra de arte é o homem! Como é nobre na razão! Como é infinito em faculdades! Na forma e no movimento, como é expressivo e admirável! Na ação, é como um anjo! Em inteligência, é como um Deus! A beleza do mundo! O paradigma dos animais! E, no entanto, para mim, o que é esta quintessência do pó?

[Shakespeare, *Hamlet*].

Prometo ser sublime, isto é, mostrar-me igual ao primeiro que aparecer. Não é qualquer um que pode ser o primeiro a aparecer.

[L.Bloy, *Journal (1852-1907)*,
col. Bouquins, 1999, p.67]

SILÊNCIO

Você ouve esses flashes? Somente *eu* escuto essas imagens? São descargas de eletricidade. São slides. Relâmpagos. Fogos de artifício. Nota a nota, a catástrofe parece ser mais real quando se faz som. As portas giratórias e os seus rangidos. O rush-ruge dos carros. Como se o sangue pudesse brotar, pulsando, batendo. O rock-roque do coração.

Por muitos anos o rapaz moveu a porta de ferro acimabaixo. A porta antes era vermelha. O tempo descarna tudo. A tinta ainda está lá, é a maquiagem. Craquela — vermelho — escureceu, desistiu. Vejouço. Quem mais?

Ninguém.

Nada.

Houve.

Passou.

Não sonho. Não deliro. Volto aqui como se nada antes. Meu Deus, está tudo tão vivo. Toco a fumaça. Cheiro as criaturas. Beijo seus rostos de sal. Frescos como peixes. Estou de volta ao Disneylandia Drinks. No centro dessa espiral de prédios. Enfiado numa galeria. Nunca soube o sentido sequer inexato da palavra elegância. Se existir um monstro assim elegante, sei que não vai se parecer com o Disneylandia. Década a década, em decadência, sem nunca virar ruína. Sua inauguração foi o único momento de apogeu. Eu tinha dezoito anos. Agora o triplo.

Depois de amanhã, ajusto contas de aniversário. Vivo o mesmo tanto de anos do meu pai. Seis anos mais que minha mãe. Jovelina é que já não pode soprar as velas de aniversário. Um dia a menos, e não chegará à casa dos 31 anos. Não chegou à própria casa. Trabalhava no endereço mais doce da avenida. Só o paraíso do comércio pode explicar a razão de Copenhagen ficar em Cromane. A polícia diz que Jovelina tombou bem perto da Estação Del Castilho. Somente eu não vejo ironia nenhuma nisso. Meus amigos olham para mim como hienas enquanto me contam do fim que levou Lina. A única pergunta metafísica na 23ª DP é se ela foi estuprada antes ou depois de morrer.

Por qual razão a gente termina fascinado pela vida ou a morte de estranhos? Talvez minha vida seja a vida de um estranho, de um estranhamento. De todo modo, é esperar para ver. É música que só se conhece ao final. Só se pode cantá-la quando enfim tudo enfim de algum jeito cessou e a morte vem para todos como um estribilho.

Pensava nisso enquanto entrava no táxi e penso de novo agora.

Os anos foram o giro de um dia para me trazer até aqui, hoje. Nenhum pensamento funciona. Entre as coisas que não mais acumulo agora, Jovelina.

Lina tinha uma irmã: Avelândia. Desde o 23 trabalhava na Copenhagen e sonhava viver só, como uma cantora de uma banda que quer uma carreira solo. Veio para casa sozinha. Não foi a companhia que a matou. Nem a favela. Saía de casa às 7h15 e regressava às 23. Ah, o número 23. Todo um alfabeto. A vida de Lina incluía letras a mais, e um gato. Diz a polícia que Lina foi surpreendida ao atravessar a linha férrea, bem perto da rua Cézanne. Foi a única vez que Cromane soube de Jovelina. A circulação de trens não se afetou. Em dois minutos, não demorou mais, a existência de Lina era uma mancha sobre a brita frouxa da ferrovia. Meus amigos insistem no tema da vida e da ironia e os deixei ali e peguei um táxi pensando em todas as avelândias e linas e seus gatos pés-duros, atravessados como sonhos ruins. Já ali minha vida tinha sido uma trombada. Penso nisso sem rancor nem mágoas, dessa vez sei o que busco, e não são velinhas de aniversário para soprar.

O motorista esticou o braço sem sair do volante, alcançou o trinco e empurrou a porta e entrei. "Centro." A instrução era precisa. Durante os vinte minutos de trajeto ela serviu para ele e ele se ocupou dela como um padre dos caminhos estreitos do céu. Para mim eram as ruas laterais, os mistérios dos becos ainda bebendo chuva pelas marquises. As ruas passam e as escuto gritarem seus próprios nomes das plaquetas, rua da Esperança, Alameda Rockfeller, largo do Camburu, buracos por onde me meti e comunguei antes entre vagabundos geniais e rola-bostas úteis por um dia, vidas que hoje me fazem chorar, a mim e até os mortos, estranhos animais a quem a gente se afeiçoa mas só quando tem já roídos os ossos. Ruas por onde voltei à infância e a pé com meu pai para casa, como ele andava sempre à frente e como se divertia se escondendo entre as gentes e as sombras para gargalhar de minha cara assombrada.

No sonho de ontem à noite tive outra discussão furiosa com Nemo. Estávamos bebendo e fumando no terraço desses prédios que a gente não pede emprestado, simplesmente invadeocupa, lugares suspensos pela força do Nada, ermos dos quais não poderíamos jamais escapar, terrações gaiolas túmulos colmeias, colmeia diz melhor, festas, festas terríveis, aquela era a pior porque interminável. Brigávamos e dessa vez Nemo me deu um soco e me encolhi todo, eu sempre soube que podia destruí-lo com um soco, mas me encolhi com seu punho ainda no meu estômago, e tentei algum sentido moral para aquilo, outra vez quis ensinar algo a Nemo: "Não fosse sua direita, Nemo, se fosse seu punhal, você teria me matado, cara?" e pensei no meu aniversário, e não porque temesse morrer, hoje-logo-hoje; me encolhi porque não queria mais guerra, não quero mais, e ali encolhido ouvi a voz de Nemo: "O que você vai fazer agora, bonitão?" Depois escuto passos caminhando sobre as poças, são os mesmos becos, os mesmos pesadelos. Paro de urrar, me calo, e adormeço de novo.

Queria não ser amargo com nada.

Hoje, o jornal dava destaque a uma moça chamada Letícia e em duas páginas saberei sua vida inteira. Em menos espaço se pode contar a vida de um magnata, uma imperatriz, uma estrela de cinema, de Muhammad Ali, de Bruce Lee, de Nemo Compagno. Ora, bastam duas, a da estrela e a da cruz, os cemitérios, linha a linha, são partituras.

Não era mais a linha do metrô. Maria Letícia de Jesus, 27 anos, era casada com o Irineu, o operário da construtora e seu corpo se espalhou por seis metros de diâmetro ao cair do vigésimo sexto andar, z, y, x, w, v, u, t, s, r, q, p, o, n, m de Maria, l, de Letícia, k, j, de Jesus, i, de Irineu, g, f, e, d, c, b, a. Maria Letícia e o prédio que Irineu ajudou a fazer. Letras.

Pago o táxi com a nota de dez e espero pelo troco. Estou ainda sentado enquanto o taxista faz corpo-mole. Me levanto, saio do carro e me agarro à porta para ele entender meu gesto até o último centavo. Ele me devolve 2,40 e uma das moedas cai e corre e atravessa a avenida, escapa dos pneus dos automóveis, já está longe e nós a vemos ganhar ao se perder no asfalto. Finjo ligar bulhufas para ela. Tanta vida despenca agora mesmo. Lina e Maria Letícia, ontem o hoje, nunca mais terão dez centavos da vida.

O motorista faz sua careta de asco e o táxi parte e estamos livres um do outro.

Ainda é cedo e Cromane é um livro que foi abandonado no começo.

*

O rapaz da imobiliária Castilho del Mar engembrava. Enfiou a alavanca entre o piso e a porta. Forçou; gemeu. Quatro passos para o outro lado. Agachado, mão direita, alavanca, força a folha, gemedeiras.

"Ressecado", disse, ao som do crack-craque. "Não trouxe lubrificante. É caro demais."

Nome: Tomás. Ontem, fui no fim da tarde visitar o imóvel. O corretor todo atenção:

"Fechando, por hoje. Pena. Marcamos na segunda."

"Não posso. Viajo."

"Sábado à tarde?"

"Por que não pela manhã?"

"Tomás vai providenciar tudo."

"Por que não pela manhã?"

"Tomás ajuda a patroa a fazer a feira no sábado de manhã."

"Ah, um jovem marido dedicado."

"Falo da minha esposa. Tomás é nosso faz-tudo."

"Sábado à tarde. O.k. Preciso pagar por isso?"

"Não. Um maço de cigarros basta. Um lanche ou cerveja, que amanhã é sábado."

Estranhei de o corretor da imobiliária responder e não o próprio Tomás, ali a poucos metros.

"Dois maços, pois", eu disse.

Tomás exigiu também a marca dos cigarros. E se foi.

A pensão fica no centro antigo. Saí logo cedo. Preferi tomar café nos restaurantes de copos sujos, balcões vidros curvos, algum dia refrigerados. Mais uns passos ouvi discos nas lojas Maza, hoje um sebo, e não comprei nenhum. O jovem sebista movido à pilha.

Quando a chuva se acovardou mais intensamente, segui no sentido da Antiga Ópera. Atravessei a Porta Saint-Denis, o Teatro Real. Me vejo garoto nas vitrines de cristal "Camées Durs" ou "Hard Cameos", vidros à prova de balas. Ao meio-dia, os trovões repercutiam, as nuvens pareciam galos vermelhos se esporando e a chuva vinha do mar. Fugi e entrei no restaurante, disposto não a almoçar, e sim a beber água, depois de ler os preços no cardápio. Intuí de que lá dentro cobravam a permanência, daí fiquei na varanda, onde a pequena tempestade me alcançava como quando o padre faz aspergir água benta na multidão.

Até a rua se calar e o sol florir em uma música de cera.

Tirei o espelhinho redondo e o pente do bolso e penteei o cavanhaque. Alguns fios grisalhos enrolados como molas caíram sobre a mesa e os soprei para longe. O carro de propaganda na Cidade dos Reclames:

"... CHÁS MARAVILHAS DO UNIVERSO. A MAIS NOVA DESCOBERTA PARA SUA SAÚDE: O CHÁ SECA-BARRIGA. QUER TER UMA SEGUNDA VIDA? CHÁS MARAVILHAS DO UNIVERSO. VENHA NOS CONHECER."

O motorista parou, bebeu um café na esquina, os alto-falantes no topo, depois seguiu tão balofo quanto antes na rua Breton.

De repente, a moça, andando em minha direção. Tem a expressão não dessas almas errantes, mas desses errantes sem alma. Ela só tem boca, plural, infinita, sem corpo, sem mais nada: lábios decorativos, de *Psychotria Elata*. Alguém que faria um maestro correr para perto, na tentativa de aparar tudo aquilo no ar, e reger seus tantos intervalos, com as mãos, os dedos, todos os pecados e virtudes nos compassos de eucalipto.

"Estou em Cromane", solfejo para mim mesmo os ruídos do entorno.

Concentro-me no que ouvi para tentar decifrar o que me escapou quando quase já não ouvia. Talvez fosse criatura mais do mundo das óticas, não das ópticas Fernanflor. Outra vez remoo sensações disparos. Sem vontade de escrever ou de espantar os meus males. Trago o cérebro estéril, gasto, chupado. Uma onda incontrolável dentro de mim. Desde "Brigite", fico tentando concluir canções, decidir modos de tratá-las, consertar as que pensava já estarem prontas, pedir conselhos. A quem? Não há ninguém. Nem nada. Só silêncio e solidão. Porém, diante daquela esfinge, ao largo, tão longe quanto a Lua, hoje pela manhã... a figura ao acaso alterou meu ânimo. De novo minhas veias se encheram de sangue e minha garganta se aqueceu. Depois de tantos que já não era, voltei a soletrar uma canção.

Depois me envergonhei da infantilidade do pessimismo e do otimismo. De perguntar se tudo já acabou ou ainda nem começou. Big-bang, bic--bem, bang-bang, big-band, amém.

O funcionário da imobiliária foi pontual. Apesar da chuva. Choveu um rio. Pela manhã choveu mais. À tarde, eram as chuvas de vento e o sol reagiu mais autoritário ainda. Dava para se ouvir as gargantas dos esgotos de Cromane gargarejando a lama lá embaixo, ela nunca vem à superfície, às ruas, ela sempre existe como a ameaça das doenças sem cura.

O funcionário e a alavanca plantados diante da antiga pastelaria eram agora mais slides a colecionar.

"O senhor disse duas da tarde, não?"

"Seus cigarros. Desculpe pelo atraso: a chuva. E a marca não foi fácil de achar."

"Esquisito, tem aqui em frente. Na outra rua, em muitas, também."

"Andei em vão?"

"Andou."

Por momentos pareceu que eu mentia. E mentia, como nunca, sempre, mas não gosto de equívocos. Era mentira, porém ele não tinha como saber, portanto o comentário parecia censura. E não gosto disso.

Entramos na galeria, Tomás ia à frente, a ferramenta como rifle. Eu via através da penumbra. Andamos pelo corredor. Cabelereiro, Talco Vinólia, fotógrafo, assistência técnica, chaveiro, várias portas fechadas. A mulher girava a última chave da bomboniere onde tudo parecia fora do prazo. Tomás ganhara dez, quinze passos de distância e ouvi quando deixou cair a corrente e o cadeado de um portão vulgar. Tratei de acelerar para acompanhá-lo. Por que andávamos tanto?

Moscas. Atravessamos o portal rumo a um coração obscuro, desconhecido. Me deparei com a loja maçônica, azulona, mausoléu. Era um elefante dentro de uma quitinete. Como foi parar ali? Minha memória começou a funcionar, dessa vez a meu favor, e entendi: o desenho da avenida lá fora mudou. Avançaram na calçada e mais adentro uns cem metros. Invadiram as ruas de trás. A galeria ganhou mais corpo. Aquilo mais lindeiro à avenida, como o templo, agora estava plantado numa geografia áspera, de esquecimento. Talvez venha disso o comentário do corretor:

"O lado podre de Cromane onde tudo fracassou. É preciso construir outra cidade. Toda de ferro e vidro."

A cidade já é esse campo de força. Todos vivem nessa câmara de descompressão e pensam assim. Eles parecem querer provar para todo mundo que não precisam de ninguém. A gente remota edificando o Novo Reino vive em arquipélagos, nas construções alvas de um branco mais ou menos cemiterial e bizantino. Lugares assim constituem a república do Enquanto-Isso, distante do mundo real do Disneylandia Drinks na Cidade Real dos Drinks.

Ontem, passei pela Village de la Bière. Ali nasceu Tomás, ele me disse. No bairro, os moradores são mais felizes que os habitantes do distrito vizinho, Gin Land. Em Cromane, há os bêbados de gin e os da cerveja. Os ginólatras são preguiçosos e tentam aparentar ser mais pobres do que já.

Seus torneios infantis são famosos pela crueldade. As gincanas vão desde enfiar a seta no ânus de um cão, queimar os olhos de um pássaro com uma agulha quente aquecida por uma tocha a atirar em um galo. As crianças com menos de seis anos idade podem concorrer amarrando ossos no rabo dos cachorros, pendurando gatos brigões pelo rabo ou espalhando os intestinos de bichanos em cima de outros cães. Gin Land não gosta de gatos e a diversão diária é amarrá-los a bexigas e atirá-los das janelas altas. Tudo monitorado pelos valiosos professores de arterreligião de Cromane, seguros de os Jogos da Perfeição diminuírem a criminalidade infantil, por isso os garotos e garotas treinam duas vezes por semana nos clubes.

Já os bebedores de cerveja de Village de la Bière têm por diversão os esportes profissionais. Quando saltei fora da cidade, seu grande campeão havia sido o cocheiro J. Héron, que forçou seu cavalo a toda sobrecarga e maus tratos possíveis, até o animal quebrar a perna. Ainda assim, o açoitou disciplinarmente com o chicote no meio da rua até lhe arrancar o olho.

Há lembranças de outros campeões de Cromane: um tropeiro que espancou o cordeiro até à morte, o asno dono do asno que empurrou o animal contra um touro enlouquecido. Nessa tourada, a Hispânia perde feio para Cromane no ramo do entretenimento.

Jovelinas e Letícias se repetem em Cromane. Há séculos li nos jornais de esse habilidoso J. Héron ter demonstrado como a pedagogia de Gin Land e Village de la Bière nem sempre darem certo. Ele evoluiu dos maus tratos a animais para roubos e assassinatos. Aconselhou a pequena Ana Gil, da escola musical da caridade, a abandonar o namorado; ensinou a moça a roubar e a engravidou. Depois J. Héron a matou, tanto na modalidade do campeão espancador de cordeiros como nos moldes do empalador de cães. O pescoço, o pulso e o dedo indicador de Ana Gil estavam separados do corpo. Dava pena ver seus pais apanharem suas quinquilharias espalhadas pelo chão. Na outra mão estava o *Livro de Oração Comum*, que muitos têm em casa, como nós tínhamos.

Village de la Bière é paupérrima. Quanto a Gin Land, ah, a felicidade sempre está ao seu lado e a prosperidade bate em cada porta. O comércio é vivo ali, a indústria faz fumaça a toda hora. Sem saber que a fome, a loucura, a perdição de um é culpa da abundância, da alegria e da sorte do outro, esses bairros de Cromane cumprem seu destino. Um dia por ano resolvem trocar suas bebidas, suas casas, suas mulheres, seus jogos, e muitos se matam de ambos os lados ao concluir que é fácil estar no lugar do outro. Mas não é divertido tanto quanto dizem.

Tomás tem o queixo e o bigode de Luther King. Seu rosto é o rosto de um Luther King moreno claro abrindo a porta do Disneylandia Drinks.

Que tipo de emoção eu deveria sentir agora? Preciso me decidir por alguma, ou algumas, as emoções não são substâncias nem efeitos puros. Elas também se misturam. Coquetéis. Café com o leite. Tristeza, alegria, asco, medo.

Da metade para cima a porta de ferro, de correr, agiu sozinha. Subiu-se. Tomás tentou segurá-la, porém ela foi parar lá em cima. Com o estalo de um tiro.

"Cacete, desculpa. Se soltou da minha mão."

"Tudo bem."

"Tudo bem... tudo bem? Tudo bem, nada. Achei que tudo ia desabar."

Os sinos não tocam mais na Igreja de São Lourenço ali perto, se descemos pela alameda do Crédito S/A. Talvez não haja mais a igreja, pode ter sido engolida pelos acúmulos de Cromane. O sábado entulhado de lembranças e dívidas. Daí a pouco ia escurecer. Talvez não houvesse luz para ver lá dentro. Tomás não trouxe lanterna e seria ingenuidade contar com luz elétrica. A luz do sol penetra com força partes descobertas da galeria. Ainda deu para ler a placa descorada, caída aos pés do portão lá atrás:

"AFASTE-SE DA ELETRICIDADE. ELA PODE MATAR. COMO MATOU LESLIE HARVEY, O GUITARRISTA, EM PLENO SHOW. BASTOU TOCAR O MICROFONE COM SEU SUOR. COMO KEITH RELF, MORTO POR SUA PRÓPRIA GUITARRA ENQUANTO TOCAVA SOZINHO NO SÓTÃO DE SUA CASA, SEM FIO TERRA SEQUER POR TESTEMUNHA. COMO MATOU CLAUDE FRANÇOIS, O CANTOR. COMO MATOU HORACIO TAICHER, O ATOR. COMO MATOU HUGO OSVALDO 'TOMATE' PENA, O JOGADOR DE FUTEBOL QUE NAQUELA SEXTA-FEIRA, POR VOLTA DA HORA DO ALMOÇO, VIA TV COM SUA FILHA GABRIELA DE TRÊS ANOS. FOI QUANDO TENTOU TROCAR DE CANAL COM O PÉ DIREITO MOLHADO, EM ÁGUA E SAL, DEPOIS DE TER RETIRADO O GESSO. COMO MATOU NELSON BARRERA, O JOGADOR DE BEISEBOL."

Isso me lembrou um tempo em que a riqueza se media em cartazes e reclames de alta voltagem.

Numa sexta-feira bastante antiga conheci Garibaldo. Uns amigos iriam mostrar o trabalho da banda aos produtores. Assim, fui à audição com *The Billiard boys*, no estúdio Desilu, registrar tudo com a kodakezinha instamatic, em troca de Malzbiers. O mundo ficou mais pobre depois que trocou cigarros e bebidas por outras moedas.

No corredor, até chegarmos ao estúdio, o cartaz se repetia nas paredes. Nunca me esqueço, palavra a palavra:

AULAS DE DANÇA COM PROFA. MAGGY, PRINCIPAL ALUNA DE AMY SCHIESS (CALIFÓRNIA, EUA) EM BREVE PASSAGEM POR CROMANE. DANÇA CLÁSSICA E CONTEMPORÂNEA. FOX TROT. TURKEY TORT. SALA PARA ENSAIO DE BANDAS. MELHORES CONDIÇÕES QUE AS DO 2º. ANDAR. VENHA DESCOBRIR A MAGIA DA RUMBA, BALLET, BEBOP E JAZZ. PREÇOS MÓDICOS. DEFESA PESSOAL AO SEU ALCANCE EM DEZ LIÇÕES COM O MESTRE DE CARATÊ ADEMIR 3º DAN JAPONÊS DE VERDADE.

O Desilu ficava no segundo piso. Não seria fácil subir com bateria, microfones, amplificadores, pelas escadas externas, único caminho para as lojas de cima.

O lugar era do tamanho de uma caixa de sabão. O carpete de grandes losangos queimados de cigarro. Taparam as janelas com placas de isopor e fitas crepe. Os dois microfonões RCA no centro vazavam corrente, e os vocais cantavam tensos, ameaçados de eletrocussão a qualquer instante.

Eu acompanhava *The Billiard boys* por onde iam. Conhecia o repertório. Eles inventaram algo nunca visto antes nas bandas. Os caras do Chicago copiaram, depois: havia dois trompetes, um de cada lado. Eram os pulmões da banda. Eles tinham o bom guitarrista chamado Gilliard e a voz do *crooner* soava bem na décima-segunda casa da terceira corda, Ré, Mi, Fá, Sol, Sol, Lá... ou quando Gilliard preferia a Mizona, com a corda solta. Saudades disso e daquele outro mesmo outro que eu era.

Sorte ou azar, Labanca, o *crooner*, não apareceu. Esperaram por ele outra hora e, como *The Billiard boys* não tinha grana para outra hora de estúdio onde não aconteceria nada, terminei à frente da banda ali na hora, tomando choques. Na guitarra. E cantando.

Garibaldo fez as fotos.

Tempos de zinco, de cinzeiros e cinzanos. Não eram poucos seus companheiros do lado de lá do balcão, nos bares, com a flanela no ombro, ou do lado de cá, pedindo doses em consideração a velhas amizades. Ele fora policial, antes. E montou uma pequena *empresa* para garantir a ordem na vida noturna. Por causa de algumas investigações, certamente injustas, perdeu a farda. Assim, vivia disso: visitava os lugares, gostava dos boatos, do

burburinho das boates. E dos letreiros: *Espartacus,*
Victoria's, La voce di Roma, Savoy, o triste *Café*
Belle Époque.

Naquele dia, ele estava no Desilu. Garibaldo
ainda confiável. Quando desci com o último instrumento, ele me disse:

"Amanhã você começa a cantar no Disneylandia
Drinks."

Precisava achar um lugar para dormir, mais do
que para cantar.

"A casa é nova, talvez você não conheça. Fica
aqui perto. Sou meio sócio da dona. Você topa?"

"Não sei se seguro a barra. Preciso de um lugar
para dormir enquanto isso."

"Ótimo. Quando não estiver cantando, ajuda
Brigite nas outras coisas do bar e ganha mais
algum. Falo com ela. Você pode morar lá, se quiser.
Se não tiver medo de cobra.", ele riu. Não entendi
na hora. "Há espaço."

Topei. E virei o faz-tudo do castelo.

Tomás e eu estávamos mais ou menos lá.

"Qual é o tamanho?"

"O senhor fala desse imóvel ou desse desertão,
esse cemiterião todo?" e se adiantou: "Não sei."

"Desses destroços, do bar, desse tamanho."

"Não sei. É perda de tempo. Diga lá a sua construtora que há tubarão maior nesse negócio."

*

"O senhor tem certeza? Na minha opinião, estão comprando um cemitério. Metralha e lixo."

A ideia de haver um cemitério à venda em algum lugar. Uma propriedade de ossos e gases.

Comprar é o blefe. Não tenho dinheiro para nada. O banco guarda uns dez mil meus. Credores me procurando há anos. Vida a fundo perdido. A política mudou e a economia tende a mudar e eles podem sequestrar meus dez mil de mim. Já fizeram isso noutras vezes. Não comigo. Quando fizeram isso já não tinha tantas, antes duas e até três em cada banco do país, gerentes iam em fila na minha casa e esperavam me acordar para conferir minha assinatura em cheques. Dez mil. Foi, já fizeram isso noutras vezes. Muita gente se matou na época. Se fizerem agora, é tudo quanto tenho, estou perdido. Sinto calafrios só em pensar.

Desde março, quando o presidente foi internado, está tudo bem confuso. Não me importo muito, agora.

Não tenho esperanças de conseguir emprego neste ano. Nem no outro. Emprego? O que fiz mesmo da minha vida? Não sou corretor, menti ao corretor, na imobiliária. Minto agora para o rapaz.

Faço a viagem por outro motivo. Flashes.

"As pessoas ricas não têm mesmo vergonha de perder dinheiro?", Tomás está colocando a tábua na canaleta para escorar a porta. Teme que, assim como subiu, ela desça de vez. Imagino sua cabeça decepada pelo facão da guilhotina. A porta de ferro.

"Não. Na minha cabeça, não, senhora porta. Na minha, não, vade retro Satomás", ele disse e riu.

Tomás não entendeu ainda que falava sozinho. Falava com a falha elétrica. O curto-circuito. A câmera-lenta. O homem-vitrola. Um homem em três rotações.

"Você está falando com um homem-estroboscópio", eu disse, disse para mim mesmo.

Tenho a impressão de que sempre falei só. De mim para mim. Mesmo quando me iludo de que estão conversando comigo.

Porta aberta, sete degraus, entrada, D&D. Pé ante pé nos degraus, as teclas de um piano surrealista.

As moscas treparam com abelhas e *vagalumes e borboletas da cor da chama, roxas, brancas, rajadas, pretas*, geraram insetos do tamanho de escaravelhos. Poderão um dia esses escaravelhos formarem insetos do tamanho de seres humanos?

Elas conversam entre si e estão agitadas.

Voam para longe, o centro do terreno.

Penteio o cavanhaque. Estou absolutamente apaixonado pela ideia de oscilação. Balanço. Não me movo. Eu sou a Ideia-potência. A sensação é maior e melhor que o ato de avançar, ela não é nada sem tal ideia. Quero essa alternância o dia inteiro a ser quem sou. A ideia de felicidade no vácuo de todos os meus movimentos, sentimentos, quente, frio, leite, café, me alterno. Me abismo cada minuto mais com a ideia da flutuação. Como se polos iguais de um ímã sonhassem reconciliação. Avanço.

Amargura. Pobreza. Solidão. Desencanto. Fome. Ansiedade. O pé esquerdo, o último medoendo. Depois, há um descanso de granito escuro a imitar o mármore. O bar se inicia um passo depois. Esse passo é um cânion.

Agora estão ao alcance das minhas narinas o hálito de incertas criaturas. Não sei se quero pensar ou apenas divagar um pouco. Amargura. Pobreza. Solidão. Desencanto. Fome. Ansiedade. Medo. Medo. Medo. Medorrendo. Nada do senhor tão bonito tempo tempo tempo tempo. Quis me estatuar ao final da escadaria, rosto, braços, mãos, pernas, pés... flutuação... Flashes cadáveres.

Noite agosto, voltava para casa depois de exercitar minha paciência nos salões. Comer e falar serão as grandes atividades humanas em qualquer tempo. Cheguei ao quarto, não tirei sapato meia, desabei, imaginação bala, o cadáver. Vida e azia, o vazio e a vadia que eu sempre soube que eu sempre sou.

O garoto-alavanca LK está lá dentro.

"Tome cuidado."

Me lembro: a porta ficava atrás desses degraus. Os mendigos insistiam em dormir ali. Para evitar o plantão, Brigite avançou com a porta e engoliu a pequena escadaria de granito.

Brigite era a dona do restaurante-bar.

Vejo moscas, flashes. Mais moscas quando pisco. Elas avançam para dentro dos meus pensamentos quando fecho os olhos como agora.

Levantei os olhos e os flashes foram se transformando em imagens dentro de cristais.

O céu, sem nenhum ponto branco, é o único teto do Disneylandia Drinks agora. Não se pode discernir restos do telhado, telhas, caibros, linhas. Talvez tenham roubado tudo. O sol alaranjado das três da tarde pode ser espremido na vodka ou decorar a boca ou o corpo contra as paredes do Disneylandia Drinks. Sinto o cheiro da chuva, do chá, do charuto, do chão contra a boca, do encharcado reboco do teto.

"Cuidado. Ainda pode morar cobra aqui."

Estranhei o *morar* e mais ainda o *ainda* na frase de Tomás. O mundo do Ainda.

Não era o Antigo Egito nem as paisagens perdidas da África, essas conheço. Não era um mundo tão velho, também estava tudo bem-posto na sua morte peculiar, no seu silêncio, e foi colocarmos os pés ali para a alma do lugar evanescer, se erguer nos cristais de poeira e escalar a luz, não oferecer nenhuma chance de diálogo. Taí outra imagem para guardar comigo. Meus olhos lacrimejavam, doíam de luz.

Uma única parede do bar estava de pé, a cumeeira destruída. Do mais, as paredes que definiam o bar dos vizinhos também estavam ao chão, um mundo todo mensagem a céu aberto depois daqueles degraus.

Quantos anos de silêncio e abandono? Ninguém reclama as divisas, ninguém questiona o futuro que descumpriu todas as promessas? Só se culpa o passado? Acho que nunca tive futuro. Mas me lembro de todos os passos trôpegos, tropeçando, enquanto tudo e todos pareciam trapacear. E como se sabe a resposta, ninguém me perguntou o que ficou no passado e o que trouxe no bagageiro de mim.

O primeiro andar, onde era o depósito, o mezanino, nada há mais.

Porém lá está a escada em espiral no meio do terreno, na terra vermelha devorada pelo mormaço.

Se ali é um cemitério, a escadinha é um cenotáfio. A palavra não é minha. É do pastor Lindoso que é só outro flash. Notei a sucessão de é, é, é, é, é, mas não vou corrigir nem melhorar o iê-iê-iê dessas mal traçadas linhas.

Por outros vim mais: Brigite. Garibaldo. Camacho. Conchita. Nemo. Nemo. Nemo. Estão todos aqui? Mortos. Quem não está, já esteve, quem não esteve, estará. Quem eu quero não me quer, quem me quer mandei embora procurar Marília bela de Dirceu e de ninguém mais.

Meu projetor mental continua disparando flasheslides. Rostos. Não falarei tanto deles.

Não vim buscar fotografias de fantasmas. Quanto o tempo me diz sobre as coisas com seu silêncio, parede, escada, as rosas e este retorno, a lembrança. Eu era alegre. Roubaram minha risada. Noitesilênciosolidão.

Chego mais perto, olho a escada mais atentamente. Está de pé e presa ao chão por milagre dos santos protetores do ferro fundido. Tento um degrau, dois, três, quatro, cinco... 15. Dois giros se completam.

Estou no topo. Sustento-me e me sinto seguro, noutro tipo de flutuação. Não é nada, são degraus em forma de cunha e subi devagar. Nos últimos dez anos tenho sonhado com a torre, tão alta e tão larga, que subo os degraus a cavalo. *O cavalo sabe todos os caminhos. O cavaleiro, não.* No topo há um jarro em cada esquina. As flores nos quatro jarros são as mesmas talvez da escadinha do Disneylandia Drinks, de ferro forjado, no sonho.

Aqui em cima é mais silêncio ainda. É como se as portas do mundo estivessem fechadas, as pessoas todas dormissem e somente eu e Tomás vivêssemos acordados debaixo deste céu.

Consigo ver melhor o mar de pedra, areia, cal, ilhotas do matagal vaporado, onde tudo desistiu. Tomás está adiante, longe, mijando nos monturos, nos carrapichos. Não tinha de me pedir autorização, de modo algum, mas era como se eu o consentisse. Rio.

Também na escadinha em espiral o brilho do sol exubera, as gotas de chuva se acumulam no guarda-corpo, suas folhas e flores são ornamentos *kitsch*. Outra palavra do pastor Lindoso. Inúteis. Tudo continua ali o vermelho-vivo a palpitar.

Eu a pintei. Pintei a porta com o mesmo galão de tinta em um sábado igual a esse, há tempos. Pintei tudo. Outra vez, do topo do mundo miserável da torrinha, me emociono igual a um velho.

"Eu te pintei, caracol", falo para ela e tento fugir da ideia-feita de uma Babel. Penso numa cobra enrolada. Não posso escapar. O pensamento é parte deformada da memória, onde nada vem à superfície a troco de nada.

Garibaldo tinha uma cobra de estimação chamada Moby Dick.

Garibaldo era o *marido* de Brigite.

Ele alimentava o animal com dieta arbitrária, toda experimental: ossos de galinha, sobras de tira--gosto, charque, fanta-uva, camarões, nunca peixes. Moby Dick media uns quatro metros. Era de bom temperamento. Mas em dias quentes podia atacar fregueses. De que prato é feita a memória? De muitas pele'scamas? A cobra tinha o focinho escuro e os olhos bem claros. As escamas brilhavam. Eu gostava de vê-la respirar em descanso, Moby Dick enrolada nela mesma; no piso, ao lado dos freezers, às vezes ao sol, a cobra do Disneylandia Drinks. Garibaldo não era daqueles donos-de-cobra de desfilar por aí com os animais enrolados no braço, no pescoço. Cobras combinam mais no pescoço de donas, não de donos. Garibaldo e Moby Dick nutriam amizade sem intimidades. Sem toques. Ninguém era dono nem escravo de ninguém. Se tratava disso, de estima. Sem valor sentimental. Nem moral. Sem apreço. Sem afeto. Talvez eles pudessem nos dizer, mas aqui há somente monturos.

Alguma vez Garibaldo nos falou de gigantescos seringais na Amazônia e de que junto a eles está sempre acordada a serpente, disposta a matar qualquer um, a terrível serpente negra milhares de vezes mais letal do que leões, hienas e tigres. Ela tem anéis asquerosos e de sua boca não sai apenas um veneno pestilento e um hálito podre e também um som terrível.

Tomás cutucou a metralha e deu um salto, acuado.

"Corra aqui, mestre, corra aqui. Cacete, num falei? Eu falei."

Fui até ele.

Uma grande cobra esverdeada havia abocanhado um rato.

Quando nos viu, ela se enroscou, se espichou, se enrolou novamente. Sua única defesa era fazer barulho entre as folhas úmidas.

Tomás se armou com um razoável bloco de cimento para esmagá-la. Não iria acertá-la para assustá-la, quando a bicha se esticasse, para salvar a presa. Depois me disse:

"Não. Pelo contrário: ia acertar bem na cabeça, com camundongo, com tudo."

Eu o impedi. Segurei seu pulso e ele largou o pedregulho de concreto. A cobra também brilhava ao sol. Tudo, as ruínas teatrais do Disneylandia, tinha gotículas de chuva e luz. O ratinho, as patas de trás, cor-de-rosa, o rabo, os pelos do rabo, ainda estrebuchava.

Saímos de perto.

***

Estou vivo. Mas o que ocorre comigo?

Gosto dos dias, gosto das noites. Os meus são silenciosos, as minhas são barulhentas. Não tenho desgosto nem ressentimento do Sol. Porém, quando ele vai se distanciando, meu corpo toma nova energia, e não é o uísque nem nada, senão o fato de que, por tempo demais, vi a vida pela fresta do vigia, do sentinela, do laboratorista e seu microscópio, e fico aceso e em alerta como um soldado cuja espera é mil vezes pior que o combate. À noite, isso não se vê, estou cansado já nas primeiras sombras, meu corpo se move empurrado por uma vontade alheia, radical, mas cada movimento, a raiz de cada gesto, me faz lembrar a carne no moedor.

Os dias são seguros. As noites, longas demais e deveriam ter o tempo de uma espera sem música, e ainda bem, pois segundo Tomás, não há muitas músicas boas o bastante que valha a pena ouvir pela segunda vez. Há as lentas, como a noite. As pessoas dançam ao som de músicas lentas para combater o tédio.

As manhãs e as tardes me dão paz. Já vão bem longe as noites de porre, só com esforço me recordo das manhãs de ressaca. Falo do dia das pessoas e as pessoas fazem bastante barulho vespa.

O Sol engarrafado salvava minhas noites. Assim podia ver a carne da penumbra se materializar nas pessoas, a mancha escura da plateia formar a grande boca e se abrir. Os artistas se atiram do palco para a multidão quando veem essa boca pedir, pedir, exigir, engolir.

Vivi mil e uma noites assim e cheirei suas substâncias. Posso inventar palavras? Nixlepsias.

A noite tem a vida em falso das pessoas em transformação, dos gatos, das corujas. Como os meteoros, que são estrelas romanticadentes à noite, mas durante o dia podemos constatar as lâminas de destruição terem cortado as estradas, os matagais, as casas.

Porém, mesmo depois de desligarem os microfones, reina a radiação do silêncio. Terá valido viver o dia para senti-lo se irradiar.

Meu corpo volta a ficar motivado como vivesse em uma ilha de calmaria e, se olho para o céu nessa hora, posso ver o mar mudo das galáxias se mover, as ondas mais assustadoras, os maremotos prometidos, a ameaça calada e destruidora se movendo, ali dentro desse silêncio primitivo, para o qual ou quem os santos rezaram nos dias e noites escuras d'alma. O Dia do Juízo não será de gritaria e ranger de dentes. Será finalmente o dia da obra de arte perfeita, o Dia do Silêncio.

Essa ideia me faz dar gritinhos de prazer enquanto ando, gritinhos como o fisgar de um músculo, um esgar, um gritinho elétrico, como gritam no silêncio as fagulhas nos fios da alta tensão. Sentia sua correnteza nas veias enquanto andava ontem pelo centro e agora é impossível implorar por ela. Não estou só. Amo o silêncio com mais paixão do que amo a solidão. Nada disso é contrário à alegria, ninguém confunda. Uma dessas correntes termina por lhe matar; coisas amadas nas quais não podemos nem sonhar em tocá-las: elas dão choques de muitas voltagens. Fatais. Estou desperto e feliz. Obcecado por visagens. O que ocorrerá comigo?

Parei para jantar em uma pizzaria e adormeci na mesa. Quando acordei, por um segundo, foi o que foi, pude mergulhar de novo no silêncio. O garçom andou seis passos em minha direção quando viu minha cabeça emergir dos braços cruzados sobre a mesa. Seis passos ele desandou como numa fita de cinema e depois desaparecemos um do outro.

Depois, o mesmo torpor tomou conta das ruas de Cromane. Não importava se andasse rápido ou se corresse ou me arrastasse, estava absorvido pela névoa. Os óleos da noite.

A noite não é incandescente como era antes no centro. As luzes fluorescentes iluminam bem as calçadas e se pode achar agulhas quando se anda. Conto-as como estrelas enquanto caminho sob outras luzes barulhentas, de néon. Caminho e ouço seus tiques, taques, seus disparos atingem meu coração e fujo dos seus gases como da chuva.

Entretanto o néon está em todas as fachadas. Está na boca das pessoas nos cafés. Na ponta do nariz dos mendigos da rua Velha. E da rua Jovem. Nos olhos dos gatos baldios. Na cauda das ratazanas da noite seguindo seu flautista. O néon é a luz que mais amei. É o gás dos astros e das estrelas. Ele venceu todas as vezes o meu amor pelo Sol.

Voltei para a pensão. A recepcionista me devolveu a chave do quarto. Enquanto andava até lá, via as portas de quartos entreabertas. Por uma, um velho tomava ar pelo tubo de oxigênio. No outro, a sombra do rapaz me chamava com seu dedinho de minhoca.

O que ocorreu comigo?

Quando acordei e passei pela recepção a recepcionista ainda estava lá.

"Feliz aniversário", ela gritou.

Olhei para ela e não sei qual rosto ela viu, porque em cima da última palavra ela construiu uma parede de silêncio:

"Desculpa, eu li na ficha."

Outra vez me traí por dar informações contra mim.

Saí de vez para Cromane.

LÁZARO

"Você me lembra alguém, Inácio."

"Quem?"

"Não sei direito. Mas lembra. O tipo de rosto que já está antes da lembrança da gente e com a chegada a lembrança se forma."

"Puxa, Tomás."

"Não sei direito. É como o rosto de vidro das pessoas da TV. Ou dos procurados pela polícia, empurrados pelos milicos para dentro do camburão."

"Isso só melhora."

"E a gente sabe ter visto em algum lugar, na rua, no ponto do ônibus, comprando cigarro. Sério. O nariz, as bochechas, você parece alguém da minha infância, mas a pessoa teria de ser uns cem anos mais jovem."

"Quem?"

"Não sei."

O senhor não é daqui. A afirmação me acompanha aonde vou. Já sonhei chegar no céu de jeans, como agora, nas mangas cumpridas dobradas até os cotovelos, e alguém: "Você não é daqui."

"O senhor não é daqui. Ou é?", perguntou Tomás.

"Sim. Não."

Era de novo o estroboscópio quem respondia. Ali, ao crepúsculo do Disneylandia Drinks, era também mentira. E verdade.

"Desculpe", ele disse.

Eu estava descendo da escada e pronto para andar pelo monturo e contornar a parede mais íntegra.

"Não, não se desculpe. Eu não quis fugir da pergunta. Posso explicar, noutra hora."

"Tudo bem. Tudo bem. Sim e não servem para mim, senhor..."

"Inácio. Sem o senhor."

Ele sorriu. Dentes grandes sorriso borrão nicotina.

"Tive um cachorro com esse nome."

"É um nome comum."

"É nome de santo, o senhor é instruído, deve saber."

"Lázaro seria nome melhor para um cão."

"Qual Lázaro o senhor detesta a ponto de botar o nome num cachorro?"

"Falo por conta de São Lázaro-leproso. Os cães lambiam suas feridas."

"De todo modo, não tenho culpa. Minha mãe era católica. Foi ela quem batizou."

"Batizou?"

"Modo de dizer."

"Como sua mãe se chamava?"

"Agora o senhor vai rir: Inácia. E vai rir mais agora: no bairro todos *lhe* chamavam de Glória. Nome de atriz da televisão."

"Não sei em qual Inácio meus pais pensavam. Podiam estar pensando no santo, também."

"Há santos demais. Os santos são de outro tempo. São histórias. Não gosto muito de histórias."

Ele falava sem olhar no meu rosto. Parecia impaciente. E continuou:

"Não, você não é daqui. Suas palavras são diferentes. Sua voz é voz de locutor de rádio. Você é locutor?"

"Cantor."

"Logo vi."

Tomás jogou fora o cigarro e penso tê-lo visto acender outro logo em seguida.

"Cantor de gravar discos?"

"Sim. Mais, na verdade."

"Ah, legal. Vou procurar. Inácio do quê, mesmo?"

"Inácio P. Vasques. O P é de Pereira."

"E o que você canta?"

"Cantava. É melhor dizer assim. Baladas. Sambas-canções. Boleros. Coisas românticas."

"Vou procurar na loja. Minha mãe gostava de boleros."

Quase agradeço. Quem procurar por Inácio nas lojas, não achará. Mentia. O nome nas capas era outro. Explicar seria demais no momento. Ele começou a fazer perguntas. Ia e voltava nos assuntos, e me senti em um programa de TV:

"Quantos instrumentos o senhor toca?"

"Nunca contei. Arranho vários. Contrabaixo, bateria, violão, guitarra, acordeon, piano..."

"Qual deles o senhor toca pior?"

"Saxofone. Conheço a escala, estudei. Toco mal o sax, porque não tenho embocadura."

"Tem boca dura?"

"Não tenho em-bo-ca-du-ra. Para tocar sax, você precisa dos lábios de El Gato, dos músculos do rosto de Coltrane, a vibração das bochechas conta, a formato dos dentes de Parker, o queixo quadrado, arredondado, pra fora, pra dentro, tudo conta. Tudo."

"Exagero."

"Não. Deus terá feito sua boca de modo especial se um dia quis *lhe* fazer saxofonista. Além do mais, no meu caso, quando toco, me dá vontade de cantar e a boca está ocupada. Me desconcentro. Nem tenho mais o saxofone."

"Mas saxofone, mas logo saxofone, que eu gosto?"

"Fazer o quê, Tomás?"

"Qual a música que mais o senhor gostou de cantar?"

"Não sei dizer. Talvez 'Concerto para uma só voz', onde faço voz de trompete."

"Não deve ser difícil. Saí há pouco do Exército. Ali um cabo tocava corneta sem corneta. Não sei como é a voz de um trompete."

"É diferente da voz da minha voz, a voz de Castilho Hernandez, bem mais estendida."

"Castilho Hernandez?"

"Essa música, é preciso saber respirar, fazer bem o *staccato*."

"Esta cato."

"São notas curtas. Como o trinar de alguns pássaros."

"Voz de trompete. Ah, pare com isso, homem. Se um trompete tem voz, meu revólver também tem."

"Você tem um revólver?"

"Tenho, e quero dizer que ele também já cantou."

"Você está armado agora, por acaso?"

"Com todas as notas."

Fiquei um tempo calado. Tomás retomou o assunto:

"Essa música, concerto, é americana? Gosto de música americana."

"Não. Não é cantada em nenhum idioma e é cantada em todos. Procure ouvir. Uma vez a cantei na Igreja de Saint-Dominique, na França."

"Jura? Na França? Ah, acho o povo da França meio frouxo. Você fala inglês?"

"Arranho."

"Fala ou não fala?"

"Já falei, inglês, italiano... arranho."

"Fala aí pra eu ver."

"Canto."

"Inglês."

"Eu canto. Falo melhor quando canto."

"Pois cante aí pra gente ver."

"A gente?"

"Sim, eu e você, sei lá, deu vontade de dizer 'nós', 'a gente'."

Meu Deus, eu pensava. Cantar outra vez no Disneylandia Drinks?

Tomás estava de cócoras. Me levantei e cantei.

Penso che un sogno così non ritorni mai più
Mi dipingevo le mani e la faccia di blu
Poi d'improvviso venivo dal vento rapito
E incominciavo a volare nel cielo infinito
Volare oh, oh
Cantare oh, oh, oh, oh

Nel blu dipinto di blu
Felice di stare lassu
E volavo, volavo felice più in alto del sole
Ed ancora più su
Mentre il mondo pian piano spariva lontano laggiù
Una musica dolce suonava soltanto per me
Volare oh, oh
Cantare oh, oh, oh, oh
Nel blu dipinto di blu
Felice di stare lassù
Ma tutti I sogni nell'alba svaniscon perché
Quando tramonta la luna li porta con sé
Ma io continuo a sognare negli occhi tuoi belli
Che sono blu come un cielo trapunto di stelle
Volare oh, oh
Cantare oh, oh, oh, oh

Ao terminar Tomás não respirava.

"Caramba, cara. Você deveria estar na televisão."

"Obrigado. A vida é amarga se você não adoçar com música."

Ele fez silêncio e depois olhou para cima, para meus olhos:

"Cara, você está chorando."

Eu estava. Mal conseguira terminar. As nuvens agora esparsas criavam um halo de sombras no pátio enquanto eu voava. Enxuguei o rosto.

Tomás me ajudou:

"Isso era inglês? Não, não era, era? Eu sei quando é inglês. Diga pra gente, era ou não era?"

"Não era. A música veio. É um telefone que só toca de lá para cá."

"De lá para cá, de onde?"

"Não sei, Tomás. Do céu, sei lá. Ninguém manda no artista. Nem Deus."

"Se não foi inglês, não valeu."

"Ah, você está passando da conta."

Ri. Ele mais:

"Estou brincando. O importante é a pessoa ganhar o dinheirinho da pessoa."

"Não entendi."

"Estou brincando de novo. Sempre digo isso quando quero agradecer a alguém. É um modo de falar, isso sou eu dando um conselho, um incentivo, sabe?"

"Você parece ser gente boa. Agora veja a ironia: quando comecei a cantar em bar e boate, tentei voltar nas horas vagas ao coralzinho da igreja. E o maestrinho não permitiu: 'Você é um cantor do mundo, das coisas do mundo. Sua voz não é digna do meu coral.'"

"Caramba. Ah, mestre, se fosse eu e meu instrumento lá..."

"Não lamento. Foi outra vez em que tive de me virar sozinho."

"Espere, você estudou tudo isso sozinho?"

"Sou autodidata. Em tudo."

"O senhor já leu quantos livros?"

"Acho que todos", sorri. "Para isso serve a prisão."

"Sério, você puxou cadeia?"

"Há vários tipos de cadeia, amigo, vários tipos..."

"Sei como é."

"Me desculpe: você não sabe. Você é jovem, ainda. A juventude pode tudo. E sabe pouco."

"Me desculpe, também, não quero me comparar, mas somos parecidos, eu acho. Quando me interesso por algo vou fundo, também, vou até o fim."

"Verdade? E você se interessa pelo quê?"

"Eu? Eu estudo os ricos. Qualquer dia pulo para o outro lado. Se Deus quiser, saio dessa merda."

Agora foi ele quem fez um grande silêncio. Estava com a cabeça baixa. Batia com a alavanca no terreno, fazendo vários buracos em torno dos próprios pés:

"Eu gostaria que minha mãe estivesse aqui, ouvindo nossa conversa."

"O que houve com ela, amigo?"

Ele preferiu não responder. Não ficou calado.

"Sabe de uma coisa, senhor Inácio?"

"Inácio, sem o senhor, e sem o mestre, está bem?"

"Tá bem. Mas sabe de uma coisa?"

"Sim?"

"Às vezes sonho com minha mãe, como se ela estivesse viva, e eu fico conversando com ela, como eu e você, aqui, bem real, sabe?"

"Verdade, Tomás? Acontece comigo também."

"Com seus pais? Eles já morreram?"

"Sonho com outros mortos, Tomás. Com eles, não. Com eles, nunca."

"Não gosto de sonhos. Sonhos são histórias que a gente nem sempre controla. Quando sonho, acordo dando murros na minha cabeça, pra eu aprender."

"E o que você aprendeu?"

"Dormindo ou acordado, há muita mobília dentro da minha cabeça, e dentro delas, muitos morcegos, como agora, e por favor não pare de falar comigo até elas irem embora."

"Até quando?", perguntei para ele.

"Até eu não ter de me preocupar com nada."

Fiquei em silêncio. Flashes. Flashes. Flashes. De Norte a Sul. De Leste a Oeste.

A parede era extensa, de uns seis metros. Andei para vencê-la e me colocar no outro extremo, onde podia vê-la de mais longe. Ela dava sentido ao nome: Disneylandia. Temia tudo ter sumido. De novo a falha elétrica, a vertigem, a epilepsia, os flashes.

Atravessei o vão onde já esteve o portal do grande salão. Andei alguns passos entre escombros e acho ter sido nessa hora que machuquei o tornozelo. Não me virei para ver a parede até ter coragem subjugar outros sentimentos. A nostalgia é a doença das ideias e da emoção. Considerei muitas vezes viver sem a esperança, mas ela sempre me altera, para o melhor e para o pior. É minha fraqueza, meu fio decapado, minha atuação nos momentos que não controlo nada. Quando escrevo canções, quando canto, sou igual a um ator.

Isso aqui é diferente. É algo a mais, no menos. De novo me lembro dos últimos seis meses: meu cansaço. A falha, a falta de energia. Aonde foi parar todo vitalismo? O que vim buscar?

Penso nisso enquanto caminho trinta passos de duelo e me viro para a grande parede.

É bom estar aqui. Lá estava, estava tudo lá. Meu Deus, sem exagero. Tudo morto, agora está tudo vivo.

Essa parede do fundo é um desenho abrutalhado: rachões no reboco separam os parceiros Zé Carioca e Donald e Panchito. São réplicas das tatuagens das coxas paralíticas do octogenário Alfredo Cristopher Roosevelt Sétimo, a última geração de grandes homens do mar, chegados a Cromane no século 17 para dar o sentido correto à palavra comércio, inclusive de pessoas. E ficaram.

Seus antepassados trouxeram para nós a devoção a são Narciso, que dava nome e proteção a seus barcos. A cara enjoada de mogno do santo era a primeira a entrar na África e nas Índias para buscar mercadoria, a carga viva.

Esses Roosevelt são os patronos dos lojistas, dos especuladores e dos políticos do país e os benfeitores criaram aqui irmandades maçônicas, religiosas; de penitentes, de solteiros e casados; e decoraram a ouro as igrejas. Não faltam ruas com seus nomes, nem homenagens a seus reis ou animais de estimação, como é o caso do fauno, no arco à entrada antiga da cidade e no episódio do cavalo de Roosevelt Quarto ou Quinto, que recebeu extrema-unção na antes capela da Misericórdia, hoje capela da Carcaça. Nesse dia, meu pai contava, o Perdão, a Indulgência, a Graça e a Clemência desapareceram para sempre da ilha e da cidade, embora ele gostasse de ir rezar aos sábados, depois do expediente, na capela do relinchante.

Já a Igreja-Mor está toda coberta de prata, presente de Cristopher Roosevelt Terceiro em retribuição ao Cristo ressuscitado, pelo livramento da Grande Tempestade. Como no episódio do barco dos pescadores no mar de Tiberíades, a nau conseguiu chegar a Cromane sem avarias, apinhada de almas africanas. Contam os livros onde crianças aprendemos, quanto mais desembarcava a *pesca*, mais e mais e ais de almas saltavam dos porões, e por isso a basílica se chama da Sagrada Multiplicação. Ali posa a cabeça original de são Narciso, transplantada do barco e posta no altar lateral, onde estão os túmulos desses capitães do mar no correr dos séculos.

Passeei por ela nesta manhã.

Como pude me esquecer do teto, depois desses anos todos?

Sentei-me no banco para descansar e revi a admirada pintura dos marinheiros abrindo os mares montados em cavalos negros, protegidos por anjos, lutando contra tufões como no fim do mundo, abrindo vagas para navios dourados, cujas as letras "c" e "r" poderosas, foram abertas como chagas nas velas com o sangue dos próprios santos mártires. Que mais se poderia dizer sobre tais progressos? Ah, sim, que essa imagem da Via Crúcis dos Filhos de São Narciso é o principal cartão postal de Cromane.

Há não se sabe quantas décadas, o sétimo superman, Alfredo Cristopher Roosevelt, criou a mais eficiente rede de encarcerados do mundo e, da rotina tediosa dos seus 587 anos de prisão, engendrou e comandou assaltos a bancos, homicídios, montou milícias, barbáries inesquecíveis por todo lugar. O papagaio, o pato e o galo mexicano eram mais temidos, amados ou odiados no mundo do crime que as tatuagens de palhaços e a caveira de tíbias cruzadas. Tatuados, eram salvo-condutos ou passaportes valiosos para circular pelo país. Cristopher é o principal herói de Cromane.

Todo ano, antes do carnaval, o Zé, o Donald e o Panchito do Disneylandia Drinks eram retocados por um mutirão de bêbados, se vê pelos contornos. O galo Panchito se transformou num papa-léguas roxo, sempre com raiva, dois revólveres na cinta. O pato parece a namorada do pato. Também está armado, no gesto de arminha, o dedo da mão-branca. O papagaio é uma arara melancólica, e guarda o jeito nervoso dos vigaristas do desenho original. Seu guarda-chuva atira e fuzila sem parar as putas de folga no bar, um e outro ambulante nas primeiras doses, nas mesas. As imagens parecem cristais e crescem do mormaço.

Agora me vejo no palco. Palco? O palco do Disneylandia Drinks é um quadrado de 2 x 2 metros quadrados. As pedras do piso ainda estão lá: simulam seixos onde a grama verdíssima tenta sobreviver entre as brechas. Me lembro, hoje é sábado, e a lembrança aguça minhas emoções e memória. Estou cantando como fazia aos sábados. Toco violão de cabeça baixa olhando a grama crescer. A sensação é a de um degolado. O copo de run Montilla com gelo está no banquinho. Duas doses por conta do bar. O resto é com o cantor.

Dois vira-latas entram do bar. A cobra Moby Dick tem hábitos diurnos e eles se sentem liberados à noite. Vão primeiro até o palco, tentam cavar na grama falsa, circulam pelo quadrado, fungando. Depois vão caminhar entre as pernas dos clientes ou dormir sob as mesas, uma de bilhar, outra de sinuca, no salão. Certa manhã, um cachorro conhecido por Carlos *rola escada abaixo em convulsão. Seu vômito verde colore de morte os degraus.*

"O que foi?"

"Comeu bola."

"Moby Dick, sua infeliz", berrou Brigite.

"Moby Dick é inocente. Não é venenosa, deixe Moby Dick em paz", gritou Garibaldo.

Nunca se saberá quem matou.

Os jogadores sumiram com seus tacos há mais tempo. Quando fui contratado pelo bar, ou tolerado pela proprietária, Kid Sinuca e Freddy Maia já eram mais o passado. Eles fizeram carreira ali, a TV ia gravar com eles nos melhores tempos. Com os fliperamas, os jovens desapareceram, não restou a eles senão arrendarem as mesas para os promotores de eventos criarem *rankings* falsos para a confederação. Eram campeonatos viciados, para entregar Tacos de Ouro a alunos que não sabem calcular a força da tacada e cometem suicídio o tempo todo ou não acertam as bolas ou encaçapam as erradas, ou enfiam duas de uma vez, enfim, sinuqueiros sem qualidades.

Ficaram por ali ainda os apostadores, ninharias. Não consumiam tira-gostos o tanto para dar lucro à Brigite. Resultado: ela mandou suspender a jogatina, trancou os tacos, afastou os desocupados. Tudo isso já nem existia mais, já ia longe, e as mesas começaram a servir ao carteado, onde os jogadores jogam de pé, olhouço agora, a imagem é bem nítida. Elas têm um veludo ainda, azul a maior, verde a de sinuca simples, e Brigite colocou-as à venda. As contrapropostas a enfurecem.

Quando estava sozinho no quarto, lá em cima, às vezes me lembrava da violinista assassinada. A morte de Clara ainda é um mistério. Ela estava disputando a final do torneio de bilhar de Cromane e, com a partida ganha, largou o taco, vestiu o casaco e saiu. Ela podia tocar o violino tão bem com seu taco quanto com seu arco, diziam.

De manhã, encontraram seu estojo com o violino, e o outro com o taco, no ponto de ônibus, longe de casa. Nunca se pode averiguar as razões até o fim, até se descobrir que Maria Clara era só mais uma a engrossar a lista de cantoras e músicos assassinados.

Ainda sozinho, hoje, *vejoouço* o som das bolas se entrejogando e se multiplicando no veludo e penso de eu e Clara um dia ainda podermos compor a Grande Sinfonia Para Bilhar. Saber de Clara e me lembrar de Clara é aceitar de que algo também me atingiu a mim, como atacou e atingiu Clara, de forma poderosa e injusta.

Garibaldo quer se livrar das mesas a qualquer custo. Já Brigite aposta no milagre da recuperação dos preços, como as pessoas quando jogam no dólar, na bolsa, ela é devota das superações, se deixa conduzir pelo fervor dos hinos dos países, das religiões. Ela manda. Mesmo assim, pobre Brigite.

Não a vejo, por enquanto. Onde estará?

Flashes.

Não a vejo senão uma borra. Ela estava outra vez metida em vestido transparente, as tatuagens desbotando nas costas, no ventre, no cóccix, o escorpião atravessando dali à cintura, até abaixo do umbigo, a medusa colorida em meio à penugem, ou às escâncaras, nesse nojo que todos têm agora por pelos, mas sempre olhávamos para os seus olhos e nunca sabíamos os detalhes do vestido. Brigite. Todas as curvas do seu rosto, dos seus olhos, seu nariz, as longas cavas dos seus pezinhos, do seu corpo, de seu vestido, eram homenagens à fecundação.

Garibaldo é nítido e está sentado, a fanta-uva na mão esquerda, enquanto penteia a barba com a outra mão.

Meu olhar se volta para me ver a mim mesmo no palco e depois vejo outra vez o homem. Vejo-me enquanto o vejo ali sentado na cadeira estofada.

Ele tem a barba cheia, mas se pode notar a falha, de uns dez centímetros, descer do canto da boca, avançar no queixo em direção ao pescoço, a longa queloide, a marca avermelhada. Ele penteia a barba assim ao modo dos calvos para esconder as carecas, em vão: se a polícia pedisse a descrição dele, ninguém diria: "o barbudo" e sim "o cara com a cicatriz, gerente ou amante da dona do Disneylandia Drinks."

Cicatriz. Bom título para uma canção. Reparação. Regeneração. Como ficariam palavras assim num bolero?

"Talvez se livrar da barba escondesse mais a cicatriz", ouvi Brigite aconselhar Garibaldo ou comentar conosco certa vez.

Onde ela está? Ela é um par de olhos em todo lugar, aqui.

Formigões atravessam grotas de entulho. Vermelhos. Cor-de-rosa. Amarelões. Estão assanhados. Estão em torno do formigueiro em forma de vulcão. A chuva provocou neles uma zanga mortal. Reconheço rostos. Caras enormes. Indolentes. De olhos plissados. Lábios caídos.

Piso e esmago vários desses soldados tolos. Uns afundam na areia. Outros, ouço os cracks na sola do sapato. Estou ainda de cabeça baixa e mesmo assim vejo o Disneylandia e sua noite de sábado.

Ouço o barulho da cozinha, as sirenes lá fora.

Lanço pedrinhas contra o vazio.

Tento alcançar o lugar onde recaiu um inesperado raio de sol.

"Veja as paredes agora em escombros, os degraus lá fora, o céu agora com nuvens de contornos esverdeados, veja como tudo isso se parece com o pesadelo dessas pessoas, Brigite." Agora reconstruo o rosto de memória. O rosto da pessoa amada é igual ao rosto da pessoa morta e enterrada.

Sinto meus pensamentos serem conduzidos para dentro de uma imensa aflição, a minha, desses tempos todos. Já enterrei coisas demais, pai, mãe, amigos, amores, música, o que precisarei mais? Neste aniversário é como deve ser. Penso um bocado nisso hoje. Verão. Inverno. Primavera. Outono. Exagero porque aqui não temos o inverno. Só o frio. A gente se reclama à toa. Agora a tristeza está tentando colocar as coisas de volta aos seus lugares, usando sua força modesta e mesmo assim insuportável. Choro de raiva e de alegria ao mesmo tempo. Foi isso o que vim buscar, ora? Consolação? Não é tristeza, não é nostalgia. É um tipo de conhecimento sobre mim mesmo cujo nome não sei ainda.

Três e quinze, três e meia? Não sei, nem interessa. São as horas mortas da tarde.

Passaram-se vinte e cinco anos e ainda não sei nada.

"Em algum momento gostaria de encontrar um lugar para descansar, sabe? Algo parecido com um lar e não um bilhar."

Um calvário é um lugar de descanso, também. Há frases que não são de ninguém. Eu as aparo no ar, antes de caírem como folhas secas. Estroboscópio.

O Disneylandia é um cemitério entardecendo.

"Daí a pouco vai ficar difícil até de sair, Inácio. Lá fora já está esquisito, os craqueiros", era a voz do funcionário.

Tentei ganhar tempo.

Tomás ainda acreditava de eu ser representante de alguma construtora.

"Tivesse dinheiro não compraria nada aqui. Seus patrões são malucos."

"São, acho que são", desconversei.

Tive um acesso de tosse a ponto de quase me urinar.

"Vou buscar água, lá fora, na avenida. Quem sabe o senhor não quer vir logo embora?"

"Boa ideia. Traga água", disse, e lhe dei uma nota de dez. "Assim engulo este comprimido."

Ele segurou a nota e por instantes parecia disputarmos por ela.

"O senhor está bem? Está irritado?"

"Não estou."

"Parece irritado. Ou não-sei-o-quê."

"Não é nada. Me lembrava de um sonho", menti.

"Ah, eu já disse: sonho é invenção. É tolice do começo ao fim. Não ligue para eles, senhor."

"Perdi a hora de tomar o remédio." Detesto lições e o homem estava sendo impertinente.

"Isso, sim, pode ser um problema. Mas sonhos... Vou comprar nossa água."

Continuei sentado sobre escombros, afastando a areia com os pés.

SOLIDÃO

Abro bem os ouvidos e continuo ouvindo o Disneylandia vivo. Escuto as moscas nas mesas.

Amélia-Moore, a grande dama da borracha do Brasil. Rosto das prostitutas só imaginadas, cabelos loiros, descoloridos, talvez tomados de piolhos. Pés em Cromane, cabeça na Amazônia. A senhora Pavio-Duro gosta de loções e de álcool e tem superioridade complexa de louca do jardim. Não. Melhor dizer a verdade: ela se sente um fracasso, e nunca sairá da pensão no bairro americano de Cromane e não sabe como superar a decepção total com a vida de barata que leva. Ela chega ao bar perto das sete da noite e se senta. Dali em diante, tudo pode ocorrer com ela, contanto que garantidas a comida gordurosa, e xerez ou vermute, se fortificados com toda a bebida espirituosa que houver. Para não perder a classe. Todos fingem não ver o inferno em torno dela. Raiva, revolta, decepção. Esses sentimentos, nessa ordem, são uma bomba. Essa bomba era Amélia-Moore, a dama da borracha do Brasil, casada com um magnata casado chamado Williams, que nunca virá, ou amante por correspondência do barão Roosevelt, que se sentia parte da história dos melhores povos que já pisaram a face da Terra.

Vejo mais:

o pastor Lindoso sentado em outra mesa. Ele me lembra meu pai, um pensamento às avessas.

Meu pai se transformava quando via um padre. Advogados, médicos, não. Nem engenheiros. Contudo, nascia a corcunda no homem e ele precisava se curvar diante de toda batina. Mesmo os mais jovens, ainda noviços, ele os agarrava pelas mãos e as beijava piamente.

"Me abençoe, padre, por tudo o mais sagrado, me abençoe e me perdoe", e não os largava até que.

Contava a eles de como o irmão quase se tornara sacerdote etc. etc., a morte. Na família do meu pai, quase se vive: se morre jovem. Ouvi muitas vezes a vida erguida na Montanha do Quase. Todos éramos devotos dessa miragem, daquele Sinai.

A princípio me envergonhava diante dessas cenas, do Caroço da Submissão se rompendo das costas do meu pai. Depois cultivei certa ternura por ele quando vi, do nada, o caroção tentar emergir das minhas próprias espáduas, mas isso nunca consenti. Não era mais o mundo dos padres como antes. Já era a superpopulação de pastores nos cursos de teologia, de conversão lenta. Os melhores eram os de conversão violenta, formados nos presídios, no tráfico. Não me identificava com eles. A princípio. A maior parte era negra e suja e ignorante. Se vangloriavam de terem vencido todos os vícios, entretanto não demonstravam em troca nenhuma virtude. Não ofereciam a grande distinção dos homens santos do Catolicismo. Ah... eu os amava. Embora os pastores estivessem por perto, no metrô, no posto de saúde, nas cadeias, nas quebradas, eram mórbidos e autoritários. Detestava todos eles. A princípio. Eu disse?

"Poucos sabem falar português", pensava. "Para esconder isso, são barulhentos. Como se pode acreditar em Deus com o barulho que eles fazem?"

Meus amigos de dez anos de idade queriam ser jogadores de futebol. E eu, barítono ou tenor, sem nem saber o que eram.

Aos treze anos, tentei agradar meu pai:

"Agora já sei o que fazer da vida."

"Estudar e trabalhar."

"Sim, só uma profissão resolve as duas coisas. Vou ser padre, papai."

Estávamos na marcenaria. A cabeça do meu pai saiu de dentro do guarda-roupas. Seus braços eram troncos de nogueira e saltavam das alças do macacão. Suas mãos eram de jacarandá. Os nós dos seus dedos eram de goiabeira. Ele limpou o excesso do verniz copal das mãos com a bucha e me olhou.

"Você quer mesmo ser padre?"

Queria agradar, pelo menos no fim de expediente. Distensionar, por isso respondi sim-sim. Meu pai teve um acesso de riso e gargalhou sem tréguas e todos os outros marceneiros pararam o serviço para entender a risadagem. Ele estava de novo me empurrando cada vez mais para baixo.

"Você, um padre? De onde você tirou a ideia, seu maluco? Você canta no coral da igreja, sua vozinha de pato rouco, até aí está o.k. Talvez você vire algum dia um habilidoso com a música, cantor de retreta e coral. Ah, daí a se imaginar um padre? Não. Na nossa família, o Senhor concedeu graça exclusiva a meu irmão. E se arrependeu, porque o levou bem cedo. Daí você se achar igual ao seu tio? Você, nunca. Você sequer o conheceu. Ah, me poupe. Se você tivesse essa estrela eu saberia. Olhe pra você. Já viu como você anda, seu passo de pato? Você consegue imaginar alguém pedindo a bênção a um pato? Um pato celebrando? Um pato dando a comunhão? Você é um pato, o.k.? Vá se aquietar, rapaz. Não, não: digo de novo: se você tivesse alguma estrela, eu saberia primeiro. Lhe digo sobre sua estrela: se prepare para o serrote, para a tico-tico, a desempenadeira, o verniz, o prego, a cola. Será assim. Vá lá desejar ser melhor que eu, tem o direito. Ora, se julgar no grau do seu tio Hieronymus? Sinceramente. Meu irmão teria me dito em sonho caso fosse o plano do Senhor para você. O Senhor teria me dito."

Recordo-me vivamente. Meu pai riu daquilo os sete dias da semana.

"Conte aqui pra nós, de novo, rapaz."

"Não tem mais graça, Pereira. Deixe o menino em paz."

No café da manhã, ele pediu para eu repetir à mesa e eu, inocente, repeti. E ele caiu outra vez na risada.

"O-pato-seu-vigário", disse meu irmão mais velho.

Não havia boas pessoas em casa e meu pai não era boa madeira.

"Por que você fica triste com certas coisas? E se anima com outras? As boas notícias não ficarão melhores se você pular de alegria. As péssimas notícias não vão ficar piores nem melhores se você chorar. Qual sentido de tanta exposição?"

Então me sentei um dia em algum lugar e observei as pessoas e descobri algo nelas, os movimentos, elas deslizavam no veludo da vida e, mesmo que se chocassem como bolas, e aproveitassem as tabelas da mesa para se unir ou se baterem, sorrir ou chorar e não terem medo de ter medo, eu podia *ver* a sinfonia, eu descobrira instrumentos poderosos para alimentar meu coração deslocado. E notei que a casa era um teatro podre e pobre. Eram somente máscaras? Por isso precisei ir embora dali. Como fizeram meus dois irmãos, antes de mim.

Havia completado catorze anos de idade. Era hora de fazer a escolha diferente. Algo para me tornar vivo. Isso faz a diferença entre o ferro forjado e o fundido. O cavalo e o cavaleiro. Nem abelhas nem cavalos, optei pela música. Sei que não era algo grandioso; eu tinha a necessidade, esta é a melhor voz.

Desde lá, vivi perseguindo sonhos.

Vivia procurando o fim do arco-íris.

Tomás trouxe a água. Transformou o troco em aguardente. Para ele.

Eu estava no mesmo lugar e meus pensamentos eram palavras ou ecos ou ferros.

"Meus amigos me olham de lado. E é porque não me sujeito aos que mandam. Desprezo as picadas alheias, sei me abrir caminho pra ir onde quero. Não verão este aqui lambendo o cabresto, nem me ajoelhando pra ganhar um troco. E sabem de longe que sou duro de boca, sou brabo, mordo tão bem o freio quanto o moleiro e o muleiro."

"Apoiado", bebeu um gole a plateia.

"Quando tenho de cantar verdades, as canto de frente, como cabe a um macho e não a um Camacho. Mesmo quando as verdades mostrem as bicheiras, quando ninguém quer encarar os vermes."

"Gostei", tomou outro golinho, Tomás.

"Não me convencem com quatro mentiras. Picaretas a elogiar divisas já desmerecidas e a fazer promessas que nunca cumpriram?"

"Apoiado", outro.

"Se hoje não tenho nem pro meu enterro, sou mais rico que dos que alargam seus campos, pagando peões em guisados de túmulos secos."

"Você não é rico? Me engana que eu gosto. Apoiado", outro gole e outra careta.

"Por isso me olham de lado, Tomás. Porque entre os pinheiros machuca um pereiro, uma pereira. Porque cravaram a marca em todos eles e sentem inveja ao não me ver ferrado. Só não se inveja nem se cobiça aquilo invisível aos olhos, não é assim o ditado do principezinho?

"Apoiado, não", lambeu-se.

"Não me importo, sou indócil, sou livre. Não sigo caudilhos, nem me amarro a leis. Vou seguindo por rumos claros. E não preciso de mulas nem muleiros nem de cavalos para ser um cantor."

"Gostei. Muito gostei", Tomás virou toda a garrafinha.

*

"Nada mais no mundo me interessa do que estar aqui: solidão, chuva ou tempestade", penso enquanto bebo na boca da garrafa.

Flashes com sons:

"Exagero. *Ninguém na terra é sozinho*", a voz de Brigite tremula.

"O contrário, Brigite: *tudo na terra é sozinho.*"

Penso que a abraço outra vez, agora. Ela sorri para mim o tempo todo como se eu fosse uma aparição.

"Brigite, o que nós somos um para o outro?"

*

"Não acho que além do horizonte deva ter um lugar bonito pra viver em paz. Me contentarei com um lugar além do horizonte somente um lugar onde um homem possa se masturbar esperando o dedo da velhice completar o serviço."

Tomás usa sua alavanca para desenterrar algo e se anima:

"Olha o que achei. Posso ganhar uma grana vendendo isso no ferro-velho."

"É a catraca."

"Sim, sim, deve pesar vinte quilos de ferro. E ferrugem."

"A catraca de Camacho, do Disneylandia."

"O quê?, ele falou de lá. "O senhor conheceu o bar? Falam de tudo sobre o Disneylandia. Todos mentem."

"Essa é a catraca do pobre Camacho. No fundo..."

Tomás cortou minha frase.

"Vou aí pra mais perto pra você me contar direito."

Ele terminou de desencavar a peça, arrastou-a até a escadinha, onde eu estava agora, sentou-se na sucata, e estivemos pela primeira vez conversando de verdade.

Contei a história como se ela estivesse o tempo todo na minha cabeça:

"A vida de Camacho não é um sonho. Era uma ópera. Ou a vida desses dois – porque a dele inclui a de Conchita. Todo amor é original até degenerar em filhos e felicidades. Talvez porque o Destino quisesse Camacho genial o fez chegar em Cromane arrastando da perna, e sua linda Conchita. Desceram do caminhão. Na verdade, o motorista chutou Conchita antes de ela sair completamente da boleia e quando Camacho tentou se levantar, agarrar a muleta e partir para quebrar a cara do branco-de-merda, tudo já era poeira.

— Não tem importância, querido. Vamos embora daqui – disse a corajosa Conchita.

Camacho lutou o quanto pôde para salvá-la do cafetão, sem terem de fugir da cidade e deixar tudo para trás, mas foi inevitável. A cada iniciativa de libertar-se, Conchita ganhava outra cicatriz no corpo e Camacho amargava cada minuto por não poder dar proteção à sua amada. E um machado decepava sua outra perna quando ela, em vez de voltar para ele, preferia o outro amante, um viciado em Conchita e coca. Camacho é um santo de baraúna, cuja única missão no mundo é amar sua prostituta e nenhum cristo levou isso tão a sério.

A primeira porta a se abrir foi a do Disneylandia, e o primeiro rosto visível o de Brigite."

"Brigite?", quis saber Tomás.

"A dona do Disneylandia."

"Rapaz, você conheceu essas pessoas? Qual é a sua, mesmo?"

Estávamos sentados, meu tornozelo doía um pouco.

Continuei:

"Brigite mostrou para Conchita as regras da casa e ela se sentiu à vontade e seu trabalho os manteve por anos e anos, embora ele estivesse o tempo todo a seu lado, o besourão preto, o rola-bosta:

— Conchita é inverno e verão no mesmo dia, por causa desse seu apego à inconsciência, ao dinheiro e ao sexo – dizia ele, quando contava isto tudo a quem me contou a história.

Ela desistiu de voltar para o amante depois de muitos depois. Brigite e as meninas a consolam mostrando a importância do amor de um homem, do amor puro do sujo Camacho, e ela agora sonhava e vivia a vida feliz ao lado dele, e dos seus clientes, dentro do Disneylandia que é sua vida e morte:

— Não tenho carro, nem mula. E quem disse que a miséria é diferente aqui ou lá? As pessoas têm medo de perder. Eu não tenho, não tenho medo de nada.

E:

— Não tenho fechadura na porta. A sorte pode entrar quando bem quiser. Quanto aos inimigos, o que podem fazer? Roubar meu tapete?

Camacho ri e sua gargalhada embriaga todo o bar.

— Tenho minha gaita – dizia o aleijado – e minha Conchita. Gosto tanto quando ela diz: 'Eu te amo, Camacho. Não deixe ninguém mexer comigo. Não me deixe enlouquecer. Se puder fazer isso, meu amor, ah, quero ficar com você para sempre. Você pode, Camacho, outra-outra-outra vez, ser meu homem?'

—E eu respondo para ela com minha música: 'Ele jamais colocará as mãos quentes em você, Conchita. Não deixarei. Você tem seu homem, esqueça o passado. Sorria. Você é minha mulher agora, minha peixinha.'

— E você é meu gatão, e eu nunca irei a lugar nenhum sem você. Às vezes algumas vozes dizem o contrário dentro de mim. Eu vou ficar aqui para a vida toda. Juro.

— Saiba disso, querida. Você tem seu homem, agora.

— Como, querido? O que você disse?

— Droga, tem dez minutos que repito isso e você não ouve, Conchita, você está olhando para aquele cavalheiro de terno branco e sapatos amarelos. Ele pode ser rico, mas estará ali sempre o pobretão por baixo da pele.

— Boa noite, meu amor, Camacho, preciso trabalhar.

Posso vê-lo. Ou próximo de vê-lo, Tomás, ali na porta, lenhoso, roncando junto à catraca. Riam dele. Sei sobre o coração do tolo Camacho, como se tivesse em meu peito chagado a mesma hidra com dentes de fogo. Quem olha a aparência de alguém que sofre mesmo dormindo e se assusta, imagine se pudesse ver lá dentro seu abismo."

"Cacete, boa história.", Tomás falou.

"Não terminei. Camacho jurou amar e defender sua amada do seu passado, no seu presente. Seria capaz de perder a outra perna por ela. E perderia até o prazer de alisar aquelas coxas, porque perderia a mão, a outra depois, Camacho que já havia perdido a cabeça por ela. De noite, seu corpo era uma barricada contra a porta para nada poder arrombá-la. E ele repetia, enquanto Conchita sonhava:

— Vencemos, minha peixinha. O passado não pode lhe tocar mais.

A melhor descrição seria a luz quando engole a sombra.

O destino já havia tomado partido por Conchita e por seu amante. Espero um dia você entender isso, Camacho. Há os que são essa sombra, figurações no filme que é a vida do outro.

Conchita pede para seu amante de sapatos amarelos não fazer barulho. E passam, ela e ele, por cima do são Camacho preto e repugnantemente pobre e coxo, dormindo ao pé desta catraca.

Camacho ressona. Conchita quer uma recordação, e surrupia sua gaita. O amante entra no carro e leva Conchita para sempre.

— Me leve daqui – disse Conchita ao seu amor, docemente. Docemente ela dormia já na primeira curva. Quem dorme estará perdoado?

Camacho, a vida de Camacho, o nome de Camacho, a vida camacha, tudo isso vai se borrando nesses escombros."

Dei uma pausa.

"Terminou?"

"Acho que sim. Eis a história desta catraca."

"Não confio em histórias. Mas você sabe contar."

"Não sei se sei. Pobre Camacho."

"Era um chorão, logo se vê. Já eu, não me reclamo. Não guardo lembrança. Se alguém pode decidir algo por mim, não me importo. Estou ligado ao mais importante."

"Ao mais importante?"

"Viver." Tomás se animou. "Todo dinheiro do mundo não vale o viver dessas formigas. Quem dirá da nossa própria vida, Inácio."

"Continuo sem saber. A vida do outro é a vida do outro, não é?"

"De algo eu sei: não gosto de histórias de quem cai e se levanta. História de gente miserável. O vigia Camacho é desse tipo, um miserável."

"Qual é o mal disso?"

"Ah, estou cansado de gente assim. Todo mundo tem remorsos, todo mundo tem mil dores. Uma merda qualquer pra endireitar."

"E você, não tem, Tomás?"

"Nada. Está vendo minha alavanca? Minha vida é como minha alavanca."

"A vida de Camacho não era. Existe a vida reta, Tomás? O cara acreditou demais no amor."

"Puta que pariu." Suas sobrancelhas se encontraram, sua testa franziu. "Você tem razão. A vida do outro é mais variada. Não é reta. Por essas e outras, não confio nas pessoas."

Ele respondeu como Brigite outra vez me respondeu.

"Por isso não confio nas pessoas", repeti.

"Você também não, não é?", ele enfiou a bituca de cigarro na areia.

"Não sei, Tomás. Confio, desconfiando."

"Confio-desconfiando. Essa é boa, Inácio. Muito boa, mesmo", ele riu. "Tem as pessoas de sangue morno."

"Não sei nada disso, de pessoas com o sangue morno."

"Ontem, a gente estava de porre, Aristeu me falou delas. Porque você me contou uma história, vou lhe contar outra: a minha conversa com Aristeu, como eu disse, ontem, bebendo aqui no centro. E tudo começou porque Aristeu se reclamava da vida. E porque a gente comia tripa de porco, de tira-gosto:

'A caridade é uma cidade, e a cidade é um porco-sujo. E esquerdista', isso foi Aristeu falando.

'Deve ser, E por que você diz isso?', isso foi eu perguntando para ele.

'Meu amigo veterinário me disse que todo porco é de esquerda. Na Arca de Noé, havia os animais, eles entravam por uma porta, outros por outra. Os porcos entraram pela porta larga, da esquerda.'

'É verdade. Sempre esqueço dessa parte da Bíblia', eu, concordando com ele.

'A questão é que as pessoas não leem mais.'

'Fico pensando nos animais da porta da direita. Quais eram, mesmo?'

'Todo crente de verdade sabe, Tomás' ele disse, 'pela direita, os patos, as galinhas, as águias, os cordeiros...'

'Os bodes?'

'Os caprinos. De modo geral.'

'Mas o bode não é coisa do Diabo?'

'Todos são seres de Deus. A questão é quando escolhem a porta.'

Cá pra nós, Inácio: Faz sentido. Tive de concordar com Aristeu, o meu amigo. E ele gostou de eu concordar com ele. E se empolgou:

'Do nosso lado, ainda, os cavalos, as garças, as araras, porém as baleias, não.'

'Não?'

'As baleias são de esquerda. Você não vê a gente desocupada lutando pelas baleias? Além do mais não faz sentido colocar a baleia, ou o casal, numa arca, no Dilúvio, concorda?'

'Tem razão. Não tinha pensado nisso.'

'Esse pensamento é meu, pensei agora. Isso sou eu refletindo. Tenho minhas ideias próprias.'

'Dou valor', respondi, tomei minha dose, comi um porquinho, ele também, e ele continuou a falar, Inácio. Escute bem:

'Além disso, baleia só tem fêmea. Não tem baleia-macho.'

'Não tem baleia-macho?'

'Não, claro que não. Agora, veja bem: se fosse colocar na arca, seria o quê? Um casal de lésbicas?'"

"Continue."

Ele deu trago longo no cigarro e continuou:

"Isso foi ele dizendo pra mim:

'Por isso é bom ler, Tomás. Se informar. Está tudo no livro *As portas de Noé*, do doutor Bosch, o meu amigo.'

'Droga, mais um livro.'

'Não é mais um livro', Aristeu me disse. É baseado na Bíblia. Bem destrinchado: por exemplo, por qual motivo você acha de os judeus não comerem a carne de porco?'

'E os judeus não são comunistas?'

'Sim, por isso. Mas não são canibais.' Ele riu e eu não entendi. Estava interessado na Arca:

'E qual a razão dessas duas portas na Arca?'

'Havia mais. Havia outra, para os animais de sangue morno. Indecisos.'

'Uma porta só seria mais fácil.'

'Ah, rapaz, não ria. você não entende nada. A Bíblia é o livro das escolhas.'

'Só estou dizendo é que, no final, parece não fazer diferença. Olhe, a merda onde estamos. As coisas que fazem a gente engolir, dia a dia, o chefe, a esposa. O horóscopo."'

Parece ter sido assim o fim da conversa dele com seu amigo Aristeu, Tomás parecia agora afetado pelo mormaço das ruínas e pelo lamaçal mais à frente. Acompanho seus olhos. Tomás olha para a escada. Desconfio que ele pense em voltar qualquer hora, quebrá-la de alavanca ou picareta e levar tudo aos pedaços para o ferro-velho.

"Desculpe o arrastado", ele retornou de suas ausências, de epiléticos, "é onde eu quero chegar, Inácio: nisso de você parecer um bicho de sangue morno, indeciso, do seu confiar-desconfiando. Estou sendo atrevido? Você me desculpe."

"Não, não está, Tomás. Você pode estar mesmo certo."

*

"Sabe, estou aqui pensando, Tomás. Se houvesse um dilúvio e eu fosse o único humano na terra seca, a humanidade acabaria porque jamais encontrei um par nessa ida."

"Pois eu estaria lá, de um jeito ou de outro."

"Acho que sim. Seja do modo que for, lidarei com vida. E ela terá que lidar comigo também."

"Acho que é assim que se fala, mestre. É a coisa certa de se dizer."

***

Talvez estivesse certo também o cliente, de um dia fraco e frio. Essa me contou Brigite. Me vi na cena de um julgamento, o julgamento de Paulo que, de tanto ela me contar, parece que foi ontem e que eu estava lá. Paulo havia seduzido Brigite logo ao chegar a Cromane, e teve todos os prazeres com ela, pagando, é claro, pois nenhuma mulher é de graça, sobretudo as mais belas e risonhas, as mais caras e mais falsas ainda são as mancomunadas com a felicidade. Ela se engraçou do dinheiro dele, soube como ele gostava de pagar bebida para todo mundo. Brigite passou a ser sua sombra no bar, o favorito de todos os amigos de verdade do dinheiro de Paulo. Brigite tinha as pernas enroscadas no tronco do cantor de barba roxa e, com a voz inocente de Lotte Lenya, comendo geleia enquanto cantava em dueto com o barbudo:

— *Oh, show me the way to the next whiskey bar*
— *Oh, don't ask why, no, don't ask why*
For we must find the next whiskey bar

— *Or if we don't find the next whiskey bar*
I tell you we must die, I tell you we must die

BRIGITE

— Oh, me mostre o caminho para o próximo bar

O BARBUDO

— Oh, não pergunte por que, não, não pergunte por quê.

Eles cantam juntos, é terrível a forma como se olham.

O BARBUDO

— Pois precisamos encontrar o próximo balcão.

BRIGITE

— Sem uma dose, um balcão, a mesa de um bar

Eles se enroscam mais ainda:

Não viveremos tanto tempo, eu digo que devemos morrer.

Terminaram de beber, e de cantar, e, quando Paulo procurou a carteira, foi o canto mais limpo que encontrou.

Conchita, a garçonete:

"Procure nos outros bolsos."

Tudo vazio. Não tinha sobrado nenhum centavo de nada. Moisés Trindade, cidadão respeitável, investidor na bolsa, explicou:

"O senhor não tem mais dinheiro? Sabe a consequência disto?"

Quem respondeu foi Garibaldo:

"Chegou sua hora."

Camacho era manco e tinha braços fortes e lhe aplicou uma gravata. Paulo é algemado, disseram, e disseram outra verdade a mais: um a um, os amigos se afastam. Brigite canta. Necrotério, sarjeta ou tribunal, este é o destino dos que não têm capital. O mais grave crime é ficar sem um tostão para pagar a mínima consumação.

Sem o imundo Paulo do bar, continuam os de sempre a rir, a beber, a jogar baralho e bilhar.

Sem dinheiro para a fiança, Paulo pediu ao amigo Henrique um empréstimo em confiança.

Disse Henrique a Paulo, e quem estava lá ouviu:

"Gosto de você, mas dinheiro é dinheiro, e o que me pede está fora do alcance dos meus mais rigorosos princípios morais."

Moisés Trindade foi o oficial acusador de Paulo:

"O Sr. não pagou seu uísque, isto é um crime hediondo. Precisamos que se faça justiça."

Paulo foi acusado de outros crimes menores: o assassinato indireto de um amigo (pegou dois anos de prisão), a ameaça ao sossego da cidade (direitos políticos cassados por dois anos), por sedução de uma virgem, quatro anos na cadeia, por haver cantado canções inconvenientes tomou dez anos. Por haver se negado a pagar três garrafas de uísque, porque ficou sem dinheiro, foi condenado à morte.

Depois Garibaldo tomou conta de tudo por aqui.

Ontem, depois de deixar a mochila no hotel, desci e andei um pouco pelo centro. Diferente da entrada de Cromane onde ainda há a réplica do Arco do Triunfo, e junto à réplica do Arco a escultura de um fauno, nada no centro tem o mau gosto dos monumentos e caminhei por ali sem preocupações. A cidade é segura. Talvez não demore a ficar igual à de Nemo, que descobriu uma cidade fabulosa ao lado de sua casa, limpa, bela, organizada e eternamente cheia de luz, e onde nada acontecia de mal nem de errado. Até que.

Volto a escutar os gemidos, as lamentações e angústias das profundezas da noite. Há vozes a saudar a escuridão noturna. Cromane de tantos jardins, fontes, espelhos, quadros, pinturas, onde tudo é tão confuso, e não sei se vivo ou sonho, e se estas sombras que murmuram são pessoas ou figuras de fotografias ou de pinturas. Por que passamos tanto tempo em lugares claustrofóbicos, com tantos parques e praças e desertos? Pelo menos por alguns instantes, todos os dias, deveria aproveitar melhor os parques de Cromane. Cada dia se pode descobrir um novo, e cada um com um tema, com faunos e sereias.

Todos morrem de trabalhar em Cromane. Viajei por toda parte e sei como é assim na maioria das cidades. Aqui é mais natural ainda se matarem de trabalhar manhã, tarde, noite, madrugada. Cromane sempre se orgulhou de ser as 24 horas de morrer, onde se vive e se morre de intensidade. Orgulham-se de tudo: dos meses quentes do pior calor, quando os velhos são flores desidratadas encontrados com a boca aberta em casa, também dos competentes meses de frio, quando os sem--teto perdem o nariz ou a ponta dos dedos ou morrem na rua.

Em Cromane, o lugar onde o vento frio, aliado ao calor das estradas, termina por germinar estranhas flores para dentro da terra azulada, as pétalas enterradas nos jardins. São como corpos mortos, em latim conhecidos como Rastigs e, o povo conhece por Duramama, as flores viscosas, um visco garantido por sangue, sangue-de-cristo, sangue-de-maria, chamam os crentes, sangue--de-ratos, comprovou um biólogo belga-francês. Ratos, cristos e marias são comuns aqui. Há ratos semelhantes a cristos, cristos semelhantes a marias, ratazanas como Garibaldo. Também se diz de o diabo ter tomado conta da natureza, e das pessoas, e brota da terra como as flores de cemitério, ou nos jardins de quilômetros beirando as alamedas, ou nos vasos mais singelos, ou das flores tão despretensiosas dos cactos que Brigite mantém na decoração do Disneylandia Drinks, cujo o simples aroma pode fluir para dentro da nossa boca, pelo nariz, pelas orelhas, e por isso há problemas com a voz, o sono e o apetite.

Um tipo de demônio se apresenta para cada morador, e abraça as pessoas, e lhes empurra para a vida e para a morte com a força do mesmo beliscão. O remédio está no próprio veneno, como tudo: deve-se amassar farinha de ossos ao sangue da planta e se consumir durante um ano. Exemplo foi da moça do bairro latino de Cromane: a pobretona estava morrendo de magreza, afastada da escola, sem forças e sem vontades. Deram para Marlene a papa do sangue-de-cristo-do-diacho--de-maria, a Duramama e, enquanto viam-na enrubescer as bochechas e gargalhar por tudo e por nada, e encontrar o marido onde apoiar-se. Enquanto a languidez da menina desaparecia, e ela ficava totalmente recuperada de sua doença, ninguém notava lá no jardim, do intestino da terra, empapado em sangue, crescer um terrível e impossível coração.

Em Cromane, amam adoecer, fungar, gripar, tossir. Idolatram as pneumonias. Os cidadãos clamam por excessos. Orgulham-se da noite lenta. Amam dever a casa, são escravos não das estrelas, mas das bolsas e do câmbio. Quanto mais pobres, mais amam os bancos. Os ricos pedem descontos até humilharem os vendedores e os pobres deixam sempre gorjetas. Todos fingem ser o que são. Amam os carros. Não como amava Big-Biggie a música, a coitada Biggie. Como foi? Oh sim, em 9 de março, Big-Biggie se apresentou na festa do Automóvel Club. Quando o show terminou, Biggie entrou no seu GMC Suburban preto com as amigas. Por volta das 00h45, a rua ainda tomada pelas pessoas saindo do evento, o carro de Biggie parou em um semáforo a menos de cinquenta metros do autoclube.

Biggie esperava o sinal verde para acelerar e curtir a vida.

Um Chevrolet Impala (ou Aveo) preto parou ao lado do Suburban da cantora.

O motorista do Impala baixou o vidro, puxou um revólver e atirou no GMC Suburban; quatro tiros atingiram o peito da querida Biggie.

Embora se acredite de ela ter morrido no local, a transportaram em um Chrysler para o Tedars-Siway Medical Center no centro de Cromane.

Um dia depois, o féretro estava sendo conduzido em uma camioneta-funerária Ford, adaptada, branca, seguida por um Jaguar laranja, um Lincoln preto e um Studebaker coupé cinza, com as rodas vermelhas e calotas de prata. Passaram em frente ao Automóvel Club para cortar o caminho do cemitério e, por volta das 12h45, quando pararam no sinal do assassinato, Biggie foi de novo alvejada, agora por alguém dentro de um Porsche azul, mas dessa vez o estrago já estava feito. Todos esses automóveis estão no Big-Biggie Automotive Museum, do Automóvel Club de Cromane.

Big-Biggie agora é silêncio.

"Tragam aqui o silêncio", diz o barão Roosevelt, o homem mais rico da cidade. E imediatamente trazem para ele o silêncio em várias cores e safras e tamanhos numa bandeja. "Agora me tragam-me a paz." É excelente ser rico. Tudo se consegue fácil, com ou sem bandeja, asseado e brilhante.

O barão é um homem tão amado quanto detestado. Falam de algo peculiar de certa lápide no cemitério velho. Em torno da pedra, lançaram sal e, na pedra, mandaram inscrever: "Deixa a esposa traída e a filha abandonada, e todos felizes com sua partida." Contudo, não se pode afirmar categoricamente que seja o barão mais rico do mundo dormindo ali embaixo.

Por isso, um dos lemas da cidade é: "Viver, ou morrer tentando." *Last reason to live or die.* Por isso, usam o tempo bebendo e fofocando no telefone ou em lugares como o Disneylandia Drinks. Sem desconfiar de nada. Nos bares, nos hábitos a dois, há sempre terceiros. Sombras.

Éramos a geração dos hinos. Na escola, sempre nos forçavam a cantar o de Cromane, embora eu gostasse.

"Tomás, você conhece o hino de Cromane?"

"Cem por cento não."

Cantei para ele em cima do pedregulho, o hino apócrifo inventado como em bebedeira naquele instante:

"Nascida heroica na laguna
D'água salobra e salgada
E mais nada e mais nada
Pouco acima do nível do mar e da luna.
Cromane, mãe dos mais fortes, sabê:
Cromane: *dernière raison de vivre ou de mourir.*

Afundamos teus bosques na lama
para levantar teus castelos
eucaliptos singelos
alcançavam o céu,
agora submersos
inesquecíveis pálios
para glória dos teus filhos,
Cromane, esse véu,

E mesmo assim nada apodreceu.
Cromane, Nossa Mãe, mais alto, ouvi:
Cromane: *última razón para vivir o morir.*

Sem acesso ao ar, nada vive, bactérias ou fungos
Nem malungos nem outros seres da putrefação.
Da Sereníssima Cromane se antevê o porvir.
Cromane com seus templos e palácios
pedaços de encantamento empilhados.
Cromane, nossa religião, Altíssimo, ouvi:
Cromane: *last reason to live or die.*"

FATALIDADE

"Certa vez decidi circular pelo país, as férias de 77. Eu, meu carro e meu violão de doze cordas, feito do legítimo pau-rosa-da-África, no estojo de couro."

"De ouro?"

"... de boi."

"Gostei."

Continuei porque Tomás havia comentado há pouco sobre a vida trocar de sinais.

"Em determinado dia, estava bem ao Norte e longe quando ouvi o locutor do rádio apontar canções velhas conhecidas minhas, nas paradas. Desliguei o Motorola e não voltei a ligar. Estava farto de tudo."

"Você falou."

"Até que um dia a viagem e a paisagem mudaram para sempre", contei para Tomás. "Enquanto andava pela estrada longa e estreita, sob um céu também estreito e sem fim, via lá embaixo um vale todo de ouro e algo me tocou de um jeito, Tomás, e pensei, como se música tocasse no rádio desligado: 'Essa terra foi feita para mim, foi feita para você'. Não importava se eu vagava sem destino. Seguia meus próprios passos e ali se iniciou a volta, me convenço agora. Toquei antes e tocava de novo terra de diamantes, mas eram desertos. E enquanto o mundo girava e o Cadillac verde dourado seguia pela estrada infinita e estreita, pensava: a terra foi feita para pessoas como eu. E você. A gente simples."

"Eu não sou *gente simples*. Eu nunca vou querer ser como essa *gente simples*."

"Nada, do nada um grande muro se estabeleceu na estrada."

"No meio da estrada?"

"Propriedade privada, dizia a inscrição, larga, sem fim."

"Céu ou inferno, sempre aparece o dono."

"Atravessei. Como eu fôssemos dois eus, via do alto meu carro brilhante, *felice di stare lassù*, ganhar os campos dourados enquanto dirigia aqui embaixo, o violão ali atrás, as nuvens se misturando à poeira da..."

"Estrada estreita e infinita."

"Não. Depois do muro, os campos eram largos e agora a estrada era a *highway*. Todos merecem ter sonhado essa estrada uma noite a vida, embora deserto ainda...

Conforme as nuvens embolavam e a fumaça cobria a estrada, eu voltava, eu estava voltando, creio, isso coloca meus pés aqui-agora, e pensava nisso, de como a terra foi feita para a gente simples, para mim e até para quem não queira."

"Nada, meu amigo. A terra que conheço está sob minhas unhas. Ganhei desenterrando a sucata." Ele apontou para a catraca de Camacho, e continuei.

"O Sol brilhava e podia vê-lo cintilar no capô do carro, nos detalhes folheados a ouro da lataria e no campo dourado e tudo em volta e, passeando entre rodamoinhos de nuvens e poeira, ouvia meu coração bater: 'Esta terra foi feita para você e para mim.'"

"História!"

"Deixe dizer mais: entrei na cidadezinha. Todos os sinais eram vermelhos e todas as placas diziam 'Não ultrapasse.' 'Não ultrapasse.' 'Não ultrapasse.'"

"Gostei."

"Vi os camponeses à sombra do campanário, homens e mulheres, novos como o Sol da manhã, velhos como o Sol do arrebol, sob a sombra de pequenos mamoeiros, goiabeiras, estéreis. Parei. E eles circundaram o carro e vi um deles lamber o Sol na pintura metálica."

"Nossa, você sabe exagerar."

"Eles estenderam as mãos, Tomás. Estavam famintos, Tomás. Mas como, imaginei ter dito a eles, como, se esta terra foi feita para vocês?"

'Não, este lado não foi feito para nenhum de nós. Talvez para você.', cantou a mulher faminta.

'Não faz sentido, tanto trigo se transforma já em pão nestes campos...'

'A gente deve receber o que há, sem questionar', falou o homem faminto."

"Todo mundo chora em suas histórias?" Tomás se levantou e tentou acertar uma lata no fundo das ruínas com o pedregulho. Ouvimos "teco" e a latinha rodou no ar e ele sorriu. "Você deveria não ter parado. Continue."

"Vi meu povo, Tomás. E retornei pela estrada certo de essa terra ter sido feita para mim e você e para meu povo, a gente dos becos, a gente do Disneylandia Drinks, e descobri que depois disso nenhum muro, nenhuma placa, ninguém vivo podia me parar. Assim alcancei meu preguiçoso Everest como se fosse o Nirvana. Não consegui dormir durante a noite, uma dormência tomava minhas pernas e meus braços, entrara pelos meus dedos dos pés e os mantinha nas águas de um lago gelado, enquanto lutava deitado, agarrado ao violão e afundado na cama em um lugar chamado Fleabag Hotel."

"Rapaz, você estava mesmo ferrado. Perdido."

"Ou achado."

"Fodido, eu não queria dizer, mas é isso."

"Convertido, sei lá."

"Por favor, vamos em frente."

"Havia um lápis de cera vermelho no quarto e me lembro de ter escrito com ele a letra de uma canção do tamanho daquela dor na parede, as primeiras estrofes como um coro, um hino de igreja talvez, e decorei-a, mas nunca a transcrevi para o papel. Havia encontrado a Melodia daqueles dias, Tomás, e por muito tempo conseguia ouvi-la pipiar e me lembrava das criaturas na estrada, pessoas comuns, cheia de complexas desistências, anseios e desejos: 'Essa terra é minha e sua'. É fácil de dedilhar. Pensei em gravá-la em 78 rotações, mas ela gira mais rápido até hoje para mim mesmo. Pensava em Nemo Compagno e no seu sonho. Deve-se fazer tudo hoje no agora-já. Depois, tudo se perde, se acaba."

"Tudo. Sempre. Mas esta é ainda a parte boa da vida."

Isso foi antes de pedir ajuda e me internarem em um hospital, disso me lembro, mas não comentei na hora com Tomás.

*

"Estou numa dúvida, aqui, Inácio. Você, tão lido, tão viajado, pode me salvar?"

"Manda."

"A baleia é um bicho lésbico?"

"Ora, por que isso lhe preocupa?"

"É ou não é?"

"Não. Sei não. Acho que não."

"Sim ou não."

"Se for? Você tem algo contra?", respondi. Meu humor variava. Sei bem todas as razões.

"Não, meu amigo. Tenho nada contra, não é isso. Cada qual faz o que quer pra ganhar seu dinheirinho."

"Que tolice, Tomás. Ser lésbica, por exemplo, não tem nada a ver com a economia, com a grana, rapaz."

"Claro que tem, tudo tem a ver com grana, Inácio. Ninguém me engana. Tem a ver com grana, sim. Senão o governo não ficava preocupado. Ou você pensa que eles se interessam por moral, essas coisas? Quer enganar a quem? Ao filho da dona Glória?"

Tomás é o típico pobretão que odeia pobres. Não venera ninguém. Nem confia em nada. Futebol política amor religião sindicato o casamento desquitadas as vacinas a polícia e os juízes vegetarianismo boxe livros direitos humanos ou dos animais o imposto predial a conta da luz o cego da sua rua os aleijados no metrô as grávidas pedindo assento o orgasmo dos gays ou os múltiplos dos leões os mísseis em Cuba a viagem à Lua a doença do macaco verde, ou sobre a tal felicidade:

"Tudo armação."

"Tomás, em uma palavra, o que é a felicidade para você?"

"Indiferença."

***

Meu pai? Era um disciplinador. Em vez de me amar, extrapolou comigo.

A vida ensina.

Vinha do mato e sonhava com cavalos ou era aterrorizado por eles, depois dos episódios com o tio Hieronymus. Meu pai muitas vezes nos acordou na madrugada para tirarmos certo cavalo relinchando na porta da casa. Amava e temia. Temia e amava seus cavalos mentais.

Cansado de o irmão não lhe dar qualquer sinal, meu pai foi preso na tarde de uma quinta-feira, caminhando de forma afrontosa contra a procissão do Corpo de Cristo. Uns fiéis deram passagem, no entanto os mais zelosos caíram de pau sobre ele e a polícia, talvez romana, o salvou. Estava vestido em uma boina e camisas verdes com o S grego num lenço amarrado ao braço. Foi liberado. Noutro lance, essas novas convertidas, as filhas, me contaram depois: dois meses antes, ali pela Páscoa, já havia amaldiçoado a transubstanciação.

Até que ele se acordou.

"Vou tomar banho e vou ao culto do domingo."

E tomou banho. E ficou por ali até o meio-dia. Às duas horas, botou o terno e saiu. Não levou bíblia. Nem pôs gravata.

Meia hora depois um carro atropelou e matou meu pai. Estava sozinho.

O motorista era um comerciante também da igreja.

Desde então viveu o inferno. Respondia em liberdade, na justiça. Minhas irmãs, meias-irmãs, não desistiam de indenizações. Corriam de advogado a defensorias públicas, de defensorias a terreiros de macumba. Não estavam dispostas a recuar. Receberam sete mil de um seguro por acidentes de trânsito, que alguma lei restaurou. Queriam cinquenta mil de indenizações. Estavam para botar a mão na bolada quando o pastor foi convidado a depor a favor do comerciante. Ele falou em juízo e todos ouviram.

"O senhor Pereira, todos sabemos, não estava bem. Recebi o coitado algumas vezes e conversamos. Certa vez falamos por uma hora, depois interrompi para celebrar o culto, via do púlpito sua cabeça vermelha, depois voltamos a conversar por mais outra hora, sem parar. Ele pensava em se reconciliar com Deus, o verdadeiro Pai. E com filho. Não sei se conseguiu. O fato é que em todas as vezes falava em se matar. Estava cansado, ele me disse:

'Estou cansado dessa minha vida, pastor.'

'Calma, Pereira, sua vida não é sua. Não temos nada. A vida, tudo, pertence ao Todo-Poderoso.'"

"Veremos a quem pertence a minha quando eu me atirar na frente do primeiro carro", o pastor disse ter meu pai dito e, com a mesma ênfase o pastor repetiu, e o juiz escutou.

Não adiantou as siamesas espernearem. O juiz livrou o comerciante do processo. Adeus, dinheiro. Aquilo acabou com o resto de senso de justiça na família.

Consolo: o pastor procurou Liana, a cabeça da esquerda. O motorista estava enlouquecendo pela ideia de ter sido usado não pelas intenções de Deus, e mais pela loucura do nosso pai, não maldizemos o nome do mal em casa.

"Nosso pai não faria isso, pastor. O senhor no fundo sabe. Não há loucos na nossa família."

Deixa para lá.

O pastor tinha dez mil em dinheiro. Doação do comerciante, por intermédio da Igreja. E de Deus.

"Vamos deixar o passado passar, minha filha. Sigam em frente."

Cinco mil para cada. Não era justo. Carmen, a cabeça da direita, me explicou pelo telefone:

"Você não se dava com ele."

"Nem vocês."

"A gente estava aqui o tempo todo."

Era verdade. Mesmo assim não era justo.

"Vou dizer a forma certa. Liana tem como ouvir nossa conversa?"

"Sim, estou aqui coladinha ao fone. Fale."

"1. Vocês me ligariam. 2. Dividiríamos o valor por três. 3. Abdicaria da minha parte. Isso, sim, seria justiça. Até ele faria assim."

"Jura? E você abriria a mão?"

"Sim", respondi. "Creio que sim."

"Você *crê*. Quando se diz 'creio' se quer dizer: tenho dúvidas."

"Para saber com certeza seria necessário terem feito assim. Não fizeram. O resto será sempre suposição."

"Quá-quá-quá, lá vem o pato de novo nos humilhar com seu vocabulário", gritou Liana, acho que se afastando um pouco de Carmen.

"Ah, esquece. Teria depositado a merda desse dinheiro de volta na merda de sua conta. Está bom assim?"

"Esses três mil e pouco lhe farão falta?", isso foi Liana, de volta.

"Claro que não, irmã", isso foi Carmen: "Se você não estiver nadando em grana hoje, não estará mais nunca. Quem mais tem, sempre quer mais."

"Não posso me reclamar. O justo é o justo."

"Pois está justo e justificado. Eles ficam bem aqui. A não ser que você esteja pedindo algo. Você está pedindo algo pra *nós*, tipo dinheiro, irmãozinho?"

"Claro que não, não misture as coisas, canalha."

"Tanto barulho por nada. Você está morrendo de fome, por acaso?"

"Não. E vocês, estão?"

"Não, irmãozinho. Era justo dividir para nós duas. Você é um mandão. Um otário. Terminaria o dinheiro conosco, de toda maneira. Com uma diferença. Eu ficaria com dez por cento a mais que nossa irmãzinha."

"E por quê?"

"Pelo desprazer de me forçar a conversar com você. Vou cobrar algo por isso."

Uma delas ainda disse:

"Nós não lhe damos a mínima. Você será sempre o pato da família, como dizia nosso pai."

Carmen. Liana. Quando penso na anomalia, duas mulheres em um só corpo falando ao telefone. Não tenho saudades delas.

Não se trata do resultado, poderia ter dito. O pastor deve estar certo. O passado passa. Justiça é quando podemos escolher a forma.

A mãe das minhas irmãs morreu cinco anos antes. Eu não soube senão quando ligaram para dar a notícia da morte do nosso pai.

Tudo o quanto sabia dessas pessoas era pelo telefone que sabia.

Essa madrasta nunca vi. Ela se chamava Marly, era costureira e via luzes brilhantes e ouvia vozes ou algo zunia no seu ouvido, vivia nesse sofrimento, desequilibrada, talvez o iodo fora do controle, não sou médico. Lembro-me sem nunca ter visto de ter a boca torta, de derrame. Dias desses, quando a casa se acordou, o motor da máquina de costura estava ligado e ela não mais. Depois disso, a saúde do nosso pai, outra vez viúvo, degringolou mais e mais, disseram elas.

Minha mãe? Ela entendia a alma das abelhas, a minha e dos meus irmãos, e reprovava a alma de cavalo do meu pai. Me lembro de ela de joelhos cortando as unhas dos pés do marido, que eram cascos.

Vivíamos sob a imagem colorida da Sagrada Família pendurada na sala, o vidro grosso, côncavo, a moldura empoeirada e ainda assim radiante. Se o sol batia no vidro quando a janela estava aberta, às dez da manhã, o vidro virava um tipo de lente milagrosa e a imagem da Família se projetava, primeiramente no próprio vidro, e isso dava a parecer de a imagem querer saltar do quadro; e segundo, que saltava mesmo: o reflexo do carpinteiro, da

Mãe-Virgem pura e casta e do Menino se projetavam na parede oposta, no alto da cumeeira escura da casa. Meu pai e ela viviam, ela tentando imitar a Mãe, ele a entender o reflexo, mas abaixo dessas imagens o retrato de nossa família, o do nosso José e nossa Maria, e em especial de nossa Maria, minha mãe, era de servidão e abstinência e dor, o que me faz repudiar a ideia de casamento e sorte até hoje.

A vida desensina. Enguiça.

Sinto a presença dela de vez em quando. Ouço o timbre da sua voz de sino um segundo depois de escutar um pássaro cantar ou a buzina de um carro. Sinto o cheiro de erva-doce da sua roupa se estou lendo um livro velho. Ela é também o gosto do coentro na sopa de carne. E, claro, do mel de eucalipto e de laranjeira, por isso quase me tornei um apicultor, incompleto como tudo, porque precisei das abelhinhas na infância, para colocar alguma grana a mais em casa, e até hoje sei lidar com cortiços e favos de mel.

Daí veio a fatalidade, o caso da promotora, a doutora Rita de Cássia. Quando a mulher descobriu sua alergia, já estava morta, colhida no seu *living* por uma de nossas abelhas. Não nuvens nem enxames. Só uma.

Isso foi a razão para fazerem valer a Lei de Cromane: invadiram a casa, quebraram todas as caixas, chutaram as colmeias, meteram fogo nos móveis, roubaram o que não tínhamos, cobriram tudo com fumaça. A imagem na cumeeira evaporou. A vigilância aproveitou para nos expulsar para sempre, nós e os outros pobre do bairro e não sei o que ferroou mais minha mãe.

Assim usarei minha melgueira, meus dez mil do banco talvez, no projeto para o apiário final dessa *tournée,* nas noites chuvosas do campo: voltar para minhas abelhas, um dos grandes amores da minha vida, minha mãe. Também a vejo se olho os manequins pelas vitrines. Minha mãe vivia vestida numa mortalha preta sem ser viúva nem órfã nem nada quando um ônibus indo para o subúrbio. Ao chegarmos à roda de gente, no meio da rua, ela já havia partido. Subido.

Ainda sobre meu pai. Imagine um filho no ponto mais extremo do polo Sul. E um pai no ponto mais escuro e distante do polo Norte. Éramos esses. Inquietas sombras. Isso me leva a algumas lembranças ou farsas da memória, eu com dez anos, no quarto, nu, nu e sozinho, lendo o Livro de Jó, cego pelos estouros da escuridão. Vivo ainda nesse quarto escuro? Lia, lia, lia para conhecer e perdoar meu velho, que desde lá me ensinava a ver o quanto não há nada direito no mundo e sem entender a razão de Deus tratar alguns com tanta força, a sua voz de redemoinho.

Me falaram do seu aspecto no enterro: a cara toda roxa e os olhos saltados. E de a certa hora do velório terem de tirar o corpo e trocar o caixão porque o anterior, feito pelos colegas marceneiros, estava empestado de cupins. É o que dá não comprar caixão na Funerária Arco-íris, toda madeira visível crescida nas florestas de Cromane.

Mesmo tanta coisa tenha ocorrido entre nós, sim algumas alegrias, seu sorriso duro e sua gargalhada que veio ao mundo para me aniquilar, seu silêncio, ou mesmo como cantarolava sozinho enquanto serrava a madeira, a imagem do pó da madeira formando montanhazinhas sob seu serrote, até mesmo sua fixação por seu irmão morto que, quanto mais crescia mais ele detestava cada um de nós, sua servidão aos mais remediados que nós, todos os momentos em vida, é revejo a imagem, o rosto roxo, os olhos sacudidos para fora, que guardo dele.

Quando soube de sua morte ninguém chorou mais do que eu.

***

Nas férias da minha infância, meus pais me despachavam para a casa de grã-finos como senhor Ourato ou Thomas, um mês passando cera no chão e nos sapatos que pisam o chão, lavando panelas e piscinas nas grandes residências semelhantes a iates de vidros fumê da Nova Cidade deve ser suficiente para formar o caráter de um rapaz. Um dia, o senhor Ourato e, por coincidência, o mister Thomas estavam conversando na varanda, e eu estava consertando a cerca, a um metro de se iniciar a grande floresta de eucaliptos de Cromane. Sobre ela contam de nenhum incêndio conseguir dizimá-la nem indústria alguma conseguir reduzi-la. Nisso é mais vitalista do que toda a Amazônia. Mas isso é coisa para os lenhadores da história. Isto me faz lembrar Garibaldo e Moby Dick, chega.

O mister e o senhor pediram para trazer a vitrola da sala de música e o empregado entrou empurrando-a em um carrinho de bebidas. Parei e observei como se moviam bem sobre rodinhas, como eram limpos dentro dos coletes e roupinhas de crochê. Mister Ourato, ou era senhor, apontou e o mordomo espetou a aparelho na tomada. O homem preparou o disco com cuidado, limpando-o da bolacha para fora e o disco girou quando ele arrastou o braço da vitrola um pouco para trás, isso supus, no fácil que é supor, todos sabem como funciona.

Um barco se aproximava do píer e mister Thomas acenou para se ver ele mesmo acenando talvez, e uma luzinha respondeu de longe, como alguém tentando falar por meio de espelhinhos contra o Sol.

Daí a música começou a tocar. Ou minha imaginação começou a girar.

Ao mesmo tempo, escutava o zumbido doce e perene. Os apicultores depositavam caixas como ninhos no meio da floresta para colher o melhor mel de eucalipto do mundo e aquelas vozes próximas se juntavam às vozes dos discos distantes. Me lembro dos que se deitavam no piso limpíssimo da varanda, com suas roupas cheirando à lavanda, puríssimas, e darem risadas. Deixei meu corpo adormecer e fiquei deitei na grama, como se houvesse passado nem presente nem futuro.

Quando acordei, todos haviam sumido como afetados por uma bomba de nêutrons. Só me restava o zum-zum-zum das abelhas. Que ainda hoje continua comigo.

***

Nemo Compagno formava seu próprio *Compañeros*, ao lado de Pérola Branca e Pérola Negra, heróis trágicos e banguelas no nosso mais elevado cinema: a chanchada. Por onde passava ou metia o rosto desejado, na televisão ou na lata de leite em pó, ou sabão, no doce de goiaba em lata, todos amavam Nemo. As misses o desejavam. Sua personalidade ajudava nos negócios. Com ela podia vender o mundo de volta a Diabo.

Tinha o que se chama de compleição forte. Por conta da ginástica, a musculatura era firme o tempo inteiro, mas músculos só se desenvolvem em um esqueleto perfeito, ah sim, se um pintor de verdade, como o insuperável Fernanflor, em Cromane, fosse fazer o retrato de Davi, não deveria pedir à estátua para posar. Precisaria começar esboçando a coluna de Nemo, o fêmur de Nemo, o crânio de Nemo até, e somente depois sonhar com o resto. Seus dentes eram claros para os comerciais de TV, os cabelos ondulados, finos, macios para as ventanias nos reclames de xampu. Ele era fisicamente assim. Seu único defeito: a falta de um dedo mínimo do pé. Deus deve ter deixado cair ali o cinzel. Ora, isso não vai para a música nem para a televisão. Sabemos nós. Frank Sinatra o admirava. O papa cantarolava "*Roma, Roma Santissima*". A Europa o bendizia em italiano.

Eu cantava "Acorrentados" quando o vi entrar no bar e se sentar e ficar me ouvindo cantar. Bebeu uísque, comeu calabresa e foi embora. Minto. Não foi assim. Brigite veio até o palquinho e cochichou e precisou repetir porque o Disneylandia era também o reino do barulho:

"Acho que aquele lá é o cantor da televisão."

Quando ela correu para buscar a máquina fotográfica, ele sumiu.

Passou-se a sexta, ele voltou no sábado à tarde.

Estava justamente pintando a escadinha. Há tempos era o pau-para-toda-obra, e muito mais, do Disneylandia, de Brigite.

"Venha comigo. Entre no carro."

Fomos ao centro, e lá ficamos durante horas. A nossa conversa foi ele falando sozinho. Eu queria desaparecer. E desapareci. Ele me deu o dinheiro e dias depois entrei em um ônibus. Só reapareci para viver os últimos dia de Inácio P. Vasques. Com o P de penduricalho, de pingente, de Pereira, em um lugar distante de Cromane, longe dos amigos e de tudo o que mais importa. Já não havia nada entre mim e meu pai. Dia a dia todas as pessoas viravam cada vez mais assombrações, fantasmas, espectros, flashes que me empurram para cá hoje. Desde o primeiro dia fora, me acordei com a angústia que seria a maior da minha vida: a ideia de ser ninguém em algum lugar e de ser alguém em lugar nenhum. Meu coração está sendo comprimido exatamente agora por esse pensamento e choro de verdade por isso.

***

Compagno adiantou seis de meses de aluguel ao proprietário. Era um rosário de casas, de desastres, e fiquei ali, convencido de que parte da alegria dos homens é feita de sofrimento sem queixas. Aliás, jamais tive tempo de me queixar, ocupado em matar pernilongos noite e dia. Fedia a inseticida. Lia livros de faroeste que algum outro infeliz deixou por ali. Willy Mil Faces. O ranger Elliot River. Li grandes livros nesse tempo, biografias, romances, o vício de ler me acompanhava desde os tempos da casa do meu pai.

Dormia numa cama de campanha, cozinhava no fogão duas-bocas: macarrão, sardinha, feijão, quitute em lata. Vivi pernilongamente naquele quartinho. Mas o ranger Compagno não parava. Convencia produtores. Empenhava a palavra.

Quando não perseguia insetos nem lia, treinava o violão, cantava, cantava, cantava alto, pela manhã. Isso alterava a vida da vila, do beco, os homens traziam suas gaiolas para mais perto, não sei para melhorar ou piorar o canto dos pássaros.

“Os primeiros tempos são difíceis”, me falou um vizinho chamado João Maria, pintor, morador antigo. Enquanto ele esperava a justiça pintando, eu tocava violão até partir as cordas e criar deformações de calos sobre calos nos dedos. E escrevia boleros e canções.

“De um modo ou de outro, sendo honesto, não exatamente justo, aquelas canções salvaram minha vida." Isto responderia agora, quando ninguém me pergunta mais nada.

Meses-séculos depois, Nemo parou o carro lá fora do beco, o motorista bateu à minha porta, me entregou roupas. "Vista, o patrão está lá fora". Um sanduíche, antes de entrar no Impala amarelo.

Nemo me colocou debaixo do braço, me escalou para seu Corte Royal Show na TV, onde recebeu grandes artistas e novidades da época. Elis andou por lá, Chico, Iglesias, Milton Nascimento. Galhardo já velho. Caetano. E naquele dia quem viria a ser Castilho. Castilho Hernandez.

"Há três vozes, neste país: "Francisco Alves e, modéstia à parte, eu, no Rio, e agora Castilho Hernandez, de Cromane", publicaram numa revista. Eram palavras do Nemo Compagno. Tenha ele dito ou não, aquilo fez o mundo girar.

Compagno ligou para Renan Hudson, o diretor musical da Copacabana.

"Preciso lhe falar sobre um tenor, Renan."

"Outro tenor? Agora há um em cada bar."

"Esse é diferente", Nemo jurou. "Você não acredita em mim?"

Fomos àquele café barato ao lado do jardim Guarnieri. Hoje não existe mais o jardim nem o café nem Guarnieri. Renan Hudson vivia vestido de xadrez, de colete de seda dourada, e tinha o cabelo crespo falsamente estirado e o bigodinho de Domenico

Modugno. Seus gestos tentavam sobreviver noite e dia em conflito com suas frases. Morava dentro dele um mudo e um tagarela ao mesmo tempo a desejar e a pensar em direções opostas. Era difícil acompanhar sua conversa com Compagno.

Não sabia qual prestígio, nem a contabilidade de favores entre eles, só sei de Hudson usar o telefone público dentro do próprio bar para ligar e conseguir a audição com o maestro Mauel León. Mauel León, cara. Me lembro com minúcias da casa desse animal musical, Mauel León. Dez entre dez intérpretes do rádio e da TV gostariam de beijarlamber aquela mão.

Mais uma semana secular no meu covil com livros e insetos, e chegou o dia.

Era um palacete com duas torrinhas, parecia de brinquedo, ou imitava os castelos dos quebra-cabeças que enfeitam as paredes das *trattorias* do subúrbio.

Choveu uma pequena tempestade. Ao chegarmos, o vento tentava derrubar as torrinhas e tivemos de correr do carro para dentro da mansão.

"Venham, corram", gritou o empregado, com as portas escancaradas. Na corrida nossos guarda-chuvas foram sacudidos pelo rodamoinho, as aspas envergaram e nunca mais, e um deles voou das mãos de Renan Hudson e pude ver um estranho pássaro negro rodopiar uns dez metros acima de nossas cabeças e depois desaparecer no breu do torvelinho.

Na escadaria não eram dois, eram quatro, os leões rampantes. E não eram de pedra, mas de porcelana. Dois sorriam. Dois rosnavam. Havia lodo nas reentrâncias das jubas, entre as patas, as bocas verdes. Meu espírito de faz-tudo desejou sabão e escova para limpá-los:

"Olhe para essas caretas, olhe para essa grama, Brigite", eu falava com meus botões. "Como ele faz para ela nascer azul?"

O mordomo lutou contra a ventania e bateu com força a porta atrás de nós.

Dentro da mansãozinha, o compasso era outro. Silêncio e calma.

Mauel León não apitava. Era o próprio apito no mercado de discos. Diziam: o som que o cachorro ouvia do gramofone nada mais é senão o apito de Mauel León dizendo sim ou não.

E ele me ouviu cantar. Na verdade, quando comecei a cantar, a mansão desapareceu. Os copos de cristal. Os vitrais onde um homem era atacado por abelhas, enquanto outro cantava. Os tapetes. O carrinho de bebidas. Cantei para meu público do Disneylandia. Escolhi *"A mi manera"* porque podia esconder o nervosismo tocando sem dedilhar as cordas.

Sabe esta canção, Tomás?

Yo quiero ser hay nada más
preferiré y recordar
Un nuevo amor tanto mejor
quisiera olvidar ay todo lo mejor
Quisiera vivir ay nada más
O si my way.

Sim, você sabe.

O cara não piscava.

Cantei algo em inglês. Em Fá. Bom: inglês? Músico de minha geração cantava em italiano, e em tango e *blues*. Enrolava.

Mauel mordia o charuto.

Depois cantei à capela, agora em Ré Menor, "Teus olhos de Sol", toda beleza de Afrodite,/ a tristeza do mar,/ laralalará...,/ não podem esconder, tudo está esperando teu olhar.../, um dos sucessos de Nemo Compagno.

Estavam em silêncio. Suspirei olhando para Hudson, cópia sem falhas de Bienvenido Granda, e cantei *"Angustia", Angustia de no tenerte a ti/ Tormento de no tener tu amor/ Angustia de no besarte mas/* e vi a cara do maestro entortar. Quando terminei ele pediu, com o uísque na mão:

"Cante uma sua, agora, rapaz."

"Maestro, minhas canções não estão prontas, ainda. Não tenho coragem."

"Cante, veado", ele rosnou.

E cantei "A noite mais linda do mundo." Entrei desafinado, fiz uma careta esnobe e ia recomeçar, porém León gesticulou para seguir em frente.

Nemo me disse, não vi:

"Os olhos do Mauel León marejaram, Inácio. Mais fácil seria fazer o rosto duma puta corar. *Você* fez isso."

Quando terminei e coloquei o violão sobre o sofá de couro, de seis metros. Mauel León disse:

"Nemo, você é um filho da puta generoso", ele disse e ouvi e não corei.

"Sou de dar a mão."

"Não há isso de dar a mão entre tenores. Vocês são os piores."

"Uma joia bruta, não é, Mauel?", perguntou Renan Hudson.

"Não diga besteira dentro de minha casa, Renan. Se não tem nada para falar, não fale nada."

Seu temperamento era admirável. Ria e rosnava sem alterar o rosto. Não aliviava. Ele estava dando sermão em ninguém menos que Renan Hudson. Renan Hudson.

O maestro continuou:

"Quanto ao rapaz, Compagno, tem algo mais aí."

"Não entendi", disse Nemo. E cutucou Renan:

"Você entendeu, Hudson?"

O amigo resolveu não falar nada mais, puto com

a repreensão. León foi ao carrinho de bebidas e se serviu de gin.

"Tem culhões. Se arrisca", León disse do centro da sala. "Canta como se não tivesse nada a perder."

Ele bebeu. Mastigou o charuto outra vez. Me lembro de ainda se ouvir o assobio do vento lá fora.

"Talvez não tenha mesmo nada a perder", León disse ainda, com a voz reverberando dentro do copo. "Conheço o tipo. Este cara está cem por cento desesperado."

Uma de suas frases daquele dia não sai da minha cabeça. Quando cantava era nela que pensava:

"Ele sustenta a voz como sustentasse um intermitente conflito e doloroso destino."

Era isso. Sempre foi isso. Aquela tempestade me definiu.

Mauel mandou o garçom servir uma rodada de Ballantine's.

"Deixe de frescura e beba, Hudson", ele deu uma tapinha nas bochechas de Renan de um jeito familiar e a raiva desapareceu do rosto do amigo.

Bebemos. Às vezes, eles dois cochichavam feito um casal. Há amizades assim. Não falei nada. Olhava a casa, o vitral, me sentia parte de incerta música, cósmica, ritmo, melodia, harmonia, eu era parte da chuva lá fora, a chuva só para mim. Estaria dentro de um delírio?

Compagno, Hudson e o maestro conversavam a anos-luz de mim. Seus corpos de uísque flutuavam.

Estávamos ao lado do imenso piano branco no centro da sala, e víamos mais distante uma mesa redonda com cadeiras de braço e um sofá, duas poltronas, uma Vênus coberta a ouro e a cadeira de balanço. Pinturas do famoso pintor de celebridades enchiam as paredes. Havia também uma estante com livros bem encadernados. A esposa do maestro estava prostrada de um derrame ali junto ao janelão de três metros de altura, segundo ele exercitando "o dom do silêncio" das mulheres.

Alguém esqueceu o janelão aberto. A ventania batia nas cortinas vermelhas com muita força e balançava a cadeira. A paisagem não pedia escrever uma letra, nem tudo se transforma em música, daí busquei uma nota qualquer ou uma palavra do dicionário do pastor Lindoso para descrever o quadro e não encontrei. O pastor Lindoso. Seus crimes foram sempre ter levado ao pé da letra o que diz a bíblia. Como a vez com o garoto Mateus, em sua luta noturna contra a abstinência. Quando ele pecou com a mão direita, Lindoso foi lá e o convenceu e o ajudou até a cortá-la e lançá-la fora, porque é melhor perder uma parte do seu corpo do que ir todo ele para o inferno.

Marcaram a gravação. Resolveram tudo. O título do LP era *Estou Perdido*.

León — ou foi Renan Hudson? —, sugeriu o nome Castilho. Um sujeitinho elétrico, o gerente de produção chamado Livi Rocket, estadunidense da Argentina, acrescentou o Hernandez, sem acento. Isso foi no dia seguinte, no estúdio Polytheama. O tal Livi Rocket era um mágico. Especialista em tirar talentos rudes da profunda miséria do país e colocá-los no topo da Lua onde podem flutuar um tempo até encher os bolsos das gravadoras e depois.

Em sessenta dias, assinamos com rádio, TV e gravadora. Não foi nem mais nem menos que isso.

No outro dia, estávamos no estúdio.

Chegamos antes do almoço. Isso é madrugada para nós, músicos.

Ali a negra Molly Appirid cantava *rhythm'n'blues*. Gastaram o bastante no primeiro disco de Appirid. Fracassaram. Uh, sim, os produtores não dormiam: 24 horas "preparando a comida", como a gente diz, tentando arranjos novos, retirando os pandeiros, pondo a guitarra havaiana, forte e suja, Livi pediu para trazerem um guitarrista de Chicago para acompanhá-la em "*I got a woman*", que gravaram mais melódica, sem tanto espalhafato, enfim, buscando a temperatura correta para não estragar de vez a carreira da moça e ter de devolvê-la pra o morro. Você aí: viu alguma vez Molly Appirid no Disco de

Ouro? O esforço de Livi foi em vão. Nada a fazer. Era negra demais, gospel demais, boa demais para o mercado, ele comentou. Já lhe entregaram um pato-morto. Talvez fosse o começo do fim de cantores iguais a ela (ou a mim, embora soubesse pelo menos ler música, e senti-la, para além da partitura) criados nos bosques, nos becos, nos bares do cu do mundo, impossíveis de se adaptar ao mundo das músicas feitas somente para dançar.

O vizinho, João Maria, tinha razão. Não se passam muitas horas na minha vida sem que não me lembre dele:

"Toda arte tem uma técnica, mas nem toda técnica tem arte".

Embora João Maria fosse o contrário e detestasse aprender, era capaz de copiar qualquer pintor do mundo.

Onde ele estará? Se está vivo, estará no beco ainda, copiando Nossas Senhoras, à espera da faísca ou do flash do sagrado que os menos idiotas que nós chamam de epifania. Eu pensava nele, agora, olhando a parede com o galo, o pato e o papagaio no meio da demolição do Disneylandia Drinks.

Pobre João Maria. Seu sobrenome poderia ser Obstinação. Ou o sobrenome dos miseráveis: Camacho.

Como éramos iguais. E tão diferentes.

Vocês viram, consegui. Pobre Molly Appirid.

Estava correto: havia cantores com isso, técnica e talento, na época. Iam além da habilidade e temia me tomarem minimamente por habilidoso, como disse meu pai. Eu queria extrapolar isso. Não ia deixar a falta de estudos avançados arruinar a vida de Castilho Hernandez. Aprendi as escalas no coral.

"Você sabe de onde vem a escala de Dó, Inácio?", me perguntava o maestro.

Ele já havia me dito outras vezes.

"Não."

"A escala de Dó Maior vem de 'Escalada para o Dom Maior de Deus'", seu burro.

Era estranho vê-lo em pé na caixa de cerveja, nos ensaios, cheio de fervor, com seu metro e meio de altura falando em coisas tão grandiosas.

"Você agora deve educar a voz, Inácio, aprender a sustentar."

Minha voz havia mudado aos doze anos e não era mais a mesma, em casa todos só ouviam a voz de marreco.

***

Estou perdido acertava no tom e na imagem que criaram para Castilho. Falava da dor, além dos tormentos de uma alma errante e solitária. Acertava também nas intenções, a falta de uma bússola: o disco atirava para Norte, Sul, Leste e Cromane. León apelidara o projeto de "Batalha naval."

"Água. Água. Água... todos os tiros vão dar n'água", ele ria, com o copo de gin na mão. Eles insistiam que eu não deveria ser diferente. Que fosse somente a voz. Um móvel onde cada um colocava o estofo e tudo resultava em terríveis mondrongos. Sei sobre móveis mais que meu pai e de mensagens mais do que eles.

Os diretores da Comodoro Records estavam certos. Buscavam todas as plateias. Havia desde os penosos boleros "Solidão do meu coração", (Quando te arrancaram de mim/ arrancaram meu coração/ hoje vivo na rua/ esperando de Deus a compaixão), "A desconhecida da praça", (Seus olhos eram rubis/ e não tinha nome/ suas mãos faziam o mundo girar, e não tinha nome – Lá menor, Ré menor e Mizona na sétima) etc, até o carnavalito "Viagem a Acapulco"; "*Conga Cavalito*", a rumba que sempre detestei – e que Livi apostou de fazer sucesso no mês seguinte, com a percussão imitando Desi Arnaz e perdeu a aposta –; até a melhor "A Ave Maria" e outra para o público rico, mais jovem, um jabá das empresas de turismo, "*Welcome to Disneylandia*". Tudo lado A. No B, "A estrela mais nossa" outra apaixonada, o samba-canção "A mão de Deus selou este amor", uma crítica ao rock nacional (se isso existe), "*Bananas and rock and roll*", e acho que duas ou três canções mais, "*Tornerò come il mare*", ah, e "*Jingle bells Rio*", para aumentar as vendas no Natal.

Gravamos o LP e também em K7.

"Foi nosso erro", disseram os produtores, eles choravam a toda hora, ah, caras assim choramingam o tempo todo de barriga cheia:

"As gravações caseiras vão acabar sua carreira, vão destruir a música para sempre."

Gostava da ideia de "A estrela mais nossa" (Eu sou o mar, o vento, a estrela mais nossa/ longínqua/ Eu sou todo mundo, ninguém é ninguém) e "*Tornerò come il mare*", um sucesso emprestado de Nemo (*Non sono né il mare né il vento/ né stella privata/ sono Qualcuno,/ tutti sono mare/ tutti sono il vasto mare di cacca*) e outras canções minhas escapulirem como fugitivos para as TDK 60, nos toca-fitas dos carrões, nos ônibus, nos três-em-um dos ricaços ou nos gravadorezinhos do povo. Um artista só precisa disso: 89 metros de fita para sessenta minutos. Só quer ser amado. Multiplicado. E para isso só necessita ser ouvido. Não importa se isso significar o fim da Babilônia. Dane-se Nabucodonosor. Quem quer saber? Eu mesmo copiei Castilho Hernandez para amigos nas impossíveis de imitar fitas CROME#2. A emoção de ouvir uma música no rádio e correr para o gravador para roubá-la fascinava todo mundo. Roubar sempre foi é e será a grande fascinação, o maior sucesso.

Livi concordava comigo.

"*Si no es para la gente, ¿para qué sirve el pan?*"

MIGALHAS

"Você pode me guardar como foto das estações de sua vida. Tirar de vez em quando do seu álbum e devolver à gaveta. Logo não me reconhecerá na esquina."

"Não será assim, não será, você sabe, Brigite. Você não está falando isso de coração."

Olho bem para ela.

O menear do pescoço, os peitos desafiando todas as leis, os lábios apertados como o coração, as lágrimas. Tudo deslizou para fora, para longe, e agora era seu olhar preso à distância, justo quando podia talvez tocá-la outra vez.

Olhei de novo. Ela chorava. Dissemos o que significávamos um para o outro. Eu chorava. Havia estragado tudo. Ela disse que não, que a vida estraga tudo antes.

"Você não me conhece, bebê. Olhe para mim."

Ela agarrou meu queixo e virou para nossa imagem refletida no espelho da camarinha.

"Você me conhece?"

"Conheço. Confie em mim. Vai dar certo."

Foi quando ela zunzunzou:

"Eu não acredito nas pessoas."

"Eu acredito em você, Brigite."

"Cromane vai borrar eu e tu. Não chore. Já vejo o dia: tu *passa*_com pressa, esbarra em mim, e segue teu caminho.

"Você está enganada, querida."

"Ah, Inácio. Tudo se transforma em fotografias, no final."

Brigite às vezes parece enterrada viva na tristeza.

A noite anterior foi bem diferente: estávamos felizes. Eu sentado em uma mesa velha com o violão de ponta-cabeça, as cordas nas coxas. Brigite nua outra vez, no único e raro dia do ano em que parece uma inocente.

Ela estava equilibrada numa longa ripa de madeira, uma perna esticada e outra dobrada no ar como se soubesse kung-fu. Brigite fotografava nossa felicidade e, do modo como não parava de apertar o botão, não havia filme. Ela era linda nua, era linda no claro ou no escuro.

"Olha aqui para o olho da máquina, seu bobão, e não para mim."

Só de me lembrar consigo outra vez sentir a textura dos seus pelos onde um ou outro se embranquecia nas pontas, perto da virilha. Parecíamos a gente de circo, capazes de sorrir e fazer sorrir a qualquer um e a qualquer preço, Brigite no número da roda, no número da foca, no globo da morte, no número das facas...

Agora era outra coisa: eu olhava para baixo. A última noite ali. O ônibus sairia às quatro da manhã. Garibaldo estava para sempre dormindo lá embaixo, acho que ali, onde agora tudo é uma poça. Ao final se transformou em um peso morto. Estava a maioria do tempo bêbado. Vivia de bravatas. Não era o cara da cicatriz, nem o velho policial, nem o gerente. No começo do ano, um derrame o deixou metade destruído. Vivia seus dias de Camacho.

Brigite não dorme. Ela me abraça e pede para eu cantar algo. Ela ainda está nua. Faz o calor que se sabe em Cromane em agosto.

"Não quero, não sei se quero mais nada", falei para ela.

Ela gostava de me beijar e ao final mordiscar meu lábio. Fez isso.

"Te arruma, garoto. E não volta mais aqui."

"Não é assim. Voltarei."

"Não vou te dar dinheiro."

"E quem aqui está lhe pedindo? Me aguarde."

"Não volta. Todos aqui já são estátuas de sal."

"Você gosta de drama", respondi.

"Te disse: nunca mais."

"Brigite, você é como todo mundo: sempre fala as coisas sem pensar."

Ela se calou. Ouvi, e ouço ainda agora, o pato o papagaio o galo cantarem enquanto atiram:

"Arriba-arriba-arriba..."

Ela gritou para dentro de mim:

"Vai ficar tudo bem."

"Por favor, repita isso para mim."

"Vai ficar tudo bem."

"Repita."

"Um dia tudo vai ficar bem."

Brigite me deu o violão. O violão era do bar. Tudo era do Disneylandia Drinks. Tudo e todos eu e ela somos.

"Um dia, Inácio, meu bebê, vou vender as mesas de bilhar e comprar um supersom. Chega de cantores na minha vida. Ninguém vai cantar mais por aqui. Música ao vivo não chama cliente de classe. Odeio todo dia mais tantos vigaristas, quantos marinheiros e países inteiros gringos cafajestes. Leve isso quando for."

Chorei nos seus braços. Sua fala era o verdadeiro canto. Quantas vezes não pensei em matar ou me matar por ela. Por seu mundo irreal.

"Bem, agora vá, saia por aquela porta. Simplesmente dê meia volta agora, porque você não é mais bem-vindo. Vai tentar me machucar com teu adeus? Pensa que eu vou ficar acabada? Pensa que eu vou me deitar e morrer? Todo mundo sobrevive. Eu vou sobreviver."

Quando ergui a porta do Disneylandia e ela craquelou pela penúltima vez para mim, meu coração parou. Quando estava baixando a porta, ouvi ainda uma ave cantar:

"Tu me *ouviu*, meu bebê? Nunca mais é nunca mais."

***

Sofri o enfarto aos trinta anos. Coca. Uísque. Insônia. Palpitação. Fama. Morava no Hotel Asturia e estava sozinho. Me levantei, mesmo sem ar, e dirigi até o hospital. Nos sinais fechados, me perguntava:

"Por que estou fazendo isso? Por que não há ninguém aqui para cuidar de mim?"

A resposta era óbvia demais e a clareza fazia a pergunta desaparecer no ar, até me vestirem com a máscara de oxigênio. Acordei com a veia da perna bombeando meu coração.

Contudo, era a locomotiva louca, e nada me fazia parar, mesmo quando estavam todos me perseguindo, o governo, as gravadoras, os gatos das mansões, de Frank Sinatra a Morris Albert todos queriam algo, as bolas de bilhar se chocando, a coca diz a verdade melhor que a metanfetamina, mas sempre rápidalto demais para você ouvir. Eu me perseguia, me dava choques, eu não me deixava em paz nos ensaios, nas sessões, nas tacadas, nos shows, dentro das garrafas, nos poços antes silenciosos da alma. Alma?

Depois de aquele cantor Tenco resolveu se matar, me convidaram para gravar sua canção. Eu fazia um baixo-barítono e brigava em todos os shows para não usar playbacks. A temporada andou perto de afundar minha voz, porque não é fácil transmitir ternura e calor com a voz falsa. Era a voz de um morto. Gravei em italiano porque gravar em espanhol era, como diria Brigite, vulgar, cafona. Só aproveitei a onda. Encontrei ali uma voz rouca, rachada, feia, mas a escala agradava ao público. Ah batemos Charles Aznavour por dezoito semanas nas paradas.

Contudo, há sempre a sujeira. Uma noite, eu acabara de chegar ao hotel e estava pronto para o chá, a gilete, o espelho, e eles bateram à porta.

"Você está preso."

Não era por causa da acusação de plágio, com "Liberdade".

"E era verdade?"

"Não importava. Os versos eram de uma canção dura para eles."

"Mas é só uma canção de amor", eu disse no interrogatório. "Para o pássaro enjaulado, para os peixes do tanque, para meu amigo..."

"Não ouse cantar isto aqui".

"De novo, José López Rega me persegue por todos os lugares", concluí, sem sequer conhecer o tal López Rega, mas andava bem paranoico nessa época, não importa, e só saí vivo depois de assinar o acordo: não cantar nem gravar mais músicas de amor, assim incômodas.

Em vão: dois meses depois, o povo me pediu para cantar e, se você não atende seu público, você não é ninguém. E lá vou eu, de novo, agora no Chile, visitar alguém. Dessa vez a gravadora me deixou sozinho e por vários meses viajei em um navio sem rota.

Quando reapareci nos lugares, vinte quilos a menos, as barbas enlinhadas pelo pescoço, energia para nada, os amigos me abraçaram, mas não em público:

"Pensamos que estavas morto."

"É verdade, sim, eles me mataram", respondia todas as vezes. Não era *poesia*. Por muito tempo, fora do navio, meu corpo fedeu a peixe morto e, em situações assim, se sabe o que é pesadelo e o que não é.

Para me recuperarem, me tratei por um ano com o doutor Rampa que me ensinou a meditação. Ou o teatro da vida espiritual. Na sua colônia, ele atendeu grandes artistas, do mundo todo. Nas clínicas acham que melhoramos diante de um tabuleiro de damas ou se suicidando nas mesas de sinuca ou salvos pelos trunfos da sueca ou pelo Valete, o Rei, o Sete, o Ás. Com o doutor Rampa, não. O jogo ele trocou pelo teatro real da vida sem-saída.

Nosso primeiro encontro não foi uma consulta, foi em um jantar na beira-mar?

"Você me lembra o Anuar Hanche Hernandez."

"Nunca ouvi falar."

"Um cretino. Não havia hora em que se perguntasse sobre como estava seu dia para o preguiçoso não responder: 'Estou doente e cansado.' Por fim, no último show, em Jacarta, se apresentou deitado em um sofá branco, cheirando sais, um tipo de Elvis pior do que Elvis, enxugando o rosto com uma toalha, sem se lembrar das letras e saindo mais que entrando no tom. Mal-educado, tratante, veio aqui se curar da cleptomania e me levou o Buda verdadeiro na bagagem. Quando provaram o quanto ele plagiou dos outros, sabe como respondeu? 'Não tive outra escolha. O dinheiro acabou.'"

"Sei o que é isso."

"Quando ligaram e falaram do seu caso, e topei recebê-lo na nossa Telema, pensei que era o cantor-ladrão, de volta, com outro nome."

"Há muitos hernandez por aí."

"Vocês se parecem."

"Todos querem me imitar ou parecer comigo."

"Fale-me mais sobre você."

"Estou doente e cansado. O que posso dizer se esta é também minha verdade?"

Rampa era um oriental com sotaque italiano. Não era careca e imberbe como pensara. Tinha pelos até na língua, por assim dizer, era gordo e alto, a barba vermelha, o nariz de panela, os olhos com cílios exagerados, o corpo lambuzado de tinta seca. Parecia mais um pintor de paredes no meio do expediente que um guru. Não dava vontade de amá-lo, e mais de lhe patrocinar um banho. Havia um terceiro olho no meio da testa que, a princípio, pensei ser uma tatuagem, porém nos dias seguintes posso jurar de ele piscar, lacrimejar, e me acompanhar durante as consultas. As sobrancelhas eram um ninho de cabelos inexplorável. Caíam caspas dali. O doutor Rampa podia ser indiano, como dizia o prospecto, ou árabe ou muçulmano ou ainda colombiano, o mais provável. Nas fotos na parede onde posava diante de budas e de templos ou entre monges do Tibet, o Sol que aparecia nas construções não lhe afetava de forma igual.

A estranha colônia se chamava Telema, onde a vida não deveria ser gasta em leis ou regras, e sim de acordo com a vontade e desejos livres de cada um. Comigo não deu certo. Eu tinha liberdade demais na época. Deixei grande soma em dinheiro na inscrição.

Li todos os livros. Ouvi todas as músicas curativas do catecismo do doutor Rampa. Ainda hoje, quando ouço os primeiros acordes daquela do Pink Floyd, a letra vem toda à minha cabeça, embora não saiba o que diz:

Remember when you were young?
You shone like the sun
Shine on, you crazy diamond
Now there's a look in your eyes
Like black holes in the sky
Shine on, you crazy Diamond

You were caught in the crossfire
Of childhood and stardom
Blown on, the steel breeze
Come on, you target for faraway laughter
Come on, you stranger, you legend
You martyr, and shine!

Cruzo as pernas da flor e entro em transe.

Assim, passei por todos os estágios de autocontrole aos quais me forçaram.

"Elas vão domesticar o animal inquieto aí dentro", me disse uma das monitoras, chamada Céleste, a gigante loira e musculosa, que estava se tratando e não queria voltar nunca mais para a vida louca de produtora de moda em Milão.

Eu disse a ela:

"Conheço a fera. É um animal-cantor, Céleste. Ele é o pior."

"Você precisa submeter esse bicho para ele confessar seu mal, sua doença, seu erro nas consultas."

Eram bem produtivas nossas consultas:

DOUTOR RAMPA: Qual é o seu problema? ... Quem vai começar? Eu ou você?

O BICHO: Eu e meu problema.

DOUTOR RAMPA: O primeiro passo para sua autorrealização é notar que para além de você existe um *eu* superior...

O BICHO: O uísque?

DOUTOR RAMPA: Ora, fique sabendo: há vozes superiores no homem.

O BICHO: Sim: o dinheiro.

DOUTOR RAMPA: O espírito.

O BICHO: Tudo é corpo.

DOUTOR RAMPA: A beleza.

O BICHO: Tudo é *réclame*.

DOUTOR RAMPA: Dê o nome que quiser.

O BICHO: Estou só descontraindo. O problema é todo meu. Ainda acho engraçado que o senhor--somente-o-senhor me veja, e aqui.

DOUTOR RAMPA: Não esteja tão certo. Somente eu?

O BICHO: Então será tudo um engano?

DOUTOR RAMPA: Chamará de engano o azul do céu, *dal cielo infinito*?

O BICHO: De fato: que apenas o senhor possa ver azul no céu não significa especialmente *que* eu realmente não exista.

DOUTOR RAMPA: Não esteja tão certo. Nunca tenha tantas convicções.

O BICHO: Bem... Estou em reabilitação, internado, não?

DOUTOR RAMPA: Na consulta, os dois estamos. Contudo isto não é suficiente para afirmar que o problema seja seu. Avance, continue. Qual é o seu problema?

O BICHO: Tenho a impressão de nunca ficar relaxado... me levanto tenso, pareço dois, não tenho paz, e pedi para os amigos arranjarem um lugar para mim...

DOUTOR RAMPA: Eles também acham que você é o problema?

O BICHO: De certo modo.

DOUTOR RAMPA: Isso será causado por alguém?

O BICHO: Eu não sei se é causado por alguém,

mas sou eu quem tem o problema. Os outros não me interessam.

Doutor Rampa: Não é você, é a fera, o bicho.

O Bicho: A ideia é nova para mim, doutor. Quem o Sr. supõe falar agora?

Doutor Rampa: Eu lhe pergunto.

O Bicho: Eu não sei.

Doutor Rampa: Não quero que abra os ouvidos. Quero abrir sua cabeça.

O Bicho: Mesmo assim não sei.

Doutor Rampa: Quem você desejaria que fosse?

O Bicho: Eu, talvez.

Doutor Rampa: Viu? Persigamos seu pensamento. Se fosse causado por alguém ou alguma coisa fora de você, o que julgaria ser o problema?

O Bicho: Sabe, ficaria surpreso se soubesse responder a isso também.

Doutor Rampa: Pensemos na família. Quem o aflige? Você é igual a meu outro paciente? Ele ontem se sonhou com a cabeça toda encoberta, jogando para trás os ossos da mãe.

O Bicho: Ninguém ali me deixa aflito. Sonho com o que quero.

Doutor Rampa: Deixe-me perguntar a eles.

O Bicho: Existo eu. Não sobrou ninguém vivo.

Doutor Rampa: Não precisam estar.

O Bicho: Precisam, se o Sr. quiser falar com eles.

Doutor Rampa: Mentira. Você não me engana,

Bicho. Eles falam constantemente com você. E você com eles.

Independente desses discos arranhados com o doutor, eu e Céleste entendemos rápido o espírito da coisa, isso de a vida não ser gasta em leis ou regras, e sim de acordo com a vontade e desejos livres de cada um: quando não erámos as estátuas de quimono de cortes retos e sem graça, um mundo sem nenhuma sensualidade, erámos deuses trepando, trepando, indiferentes às câmeras.

Naqueles dias passei muitas horas sentado sem mover nem as pálpebras, um silêncio de enlouquecer, concentrado, ou meditando — eles explicavam as diferenças, contudo eles mesmos alteravam suas ideias, se aquilo não era um hospício para ricos não sei o que é um.

Onze meses depois, um dia antes de eu receber alta, o doutor me chamou no consultório, jogou cartas e varetas e disse:

"... O primeiro passo para sua autorrealização é notar que para além de você existe um *eu* superior..." etc. etc., e que meu tratamento precisava prosseguir.

"Contudo, faça o que quiser", ele repetiu.

Pensei de pegar o telefone e ligar para Nemo ou para os diretores da Polydor. Espere, minto.

Talvez tenha sido a cbs, nessa época. Não me lembro direito. Foi antes de gravar "*Breaking bad fellings*", ou isso foi pela Sony? Não importa. Eu estava fraco demais para ponderar. Quando falava, ouvia a voz do pato, estava envergonhado, alquebrado, chorava enquanto comia e chorava porque comia, chorava enquanto comia Céleste, e chorava porque a comia, chorava quando chorava porque chorava, chorava quando pensava no passado e mais ainda no futuro. Me perguntava o que me faltava e chorava.

Em um dia sem nuvens no qual Telema parecia uma capela ou uma cripta, desci para a praia e ergui a tenda onde viveria em silêncio por 24 dias, que pareceram 24 anos. Enquanto isso, pratiquei concentração e meditação, o padmasana, como Céleste me ensinou: até me abandonar sentado e imóvel por quinze horas ininterruptas.

Isso causou a confusão. Algumas pessoas observavam Telema e seus internos com terríveis suspeitas, e vieram bisbilhotar na minha tenda. Eles espiaram dentro e me viram sentado sobre meus quadris e fitando um olho azul pintado na lona de minha tenda. Alguns até falaram comigo, contudo tinha de permanecer absolutamente imóvel tentando levar a respiração a zero. Uma vez um mecânico e sua esposa avançaram para dentro da barraca e me arrastaram pelos cabelos para fora. Mesmo assim mantive o corpo rígido de estátua até meu padmasana diário estar terminado.

Logo os nativos começaram a me atacar com pedras. Eles acreditavam que eu era uma pessoa possuída por espíritos. Os homens nunca me tocaram, já as mulheres eram cruéis. Em uma manhã cerca de trinta delas cercaram minha tenda. Eu estava na oitava hora de meu padmasana, sentado como um ídolo esculpido. Sabia que elas tinham a intenção de me causar grandes danos, mas minha mente recusou considerar quaisquer dores físicas que me fizessem. Logo elas começaram a atirar pedras e finalmente minha tenda caiu. Não me mexi. As mulheres gritaram e dançaram ao meu redor, um bando de raposas. Elas me apedrejaram até eu cair sangrando e sem consciência no chão.

Não sei quanto descansei ali. Quando voltei aos meus sentidos as mulheres permaneciam ao meu redor. Lentamente retomei minha posição de Lótus e me sentei ali sem mover um músculo. Vendo isso, as mulheres bufaram. Relincharam. Roncaram. Elas não podiam entender aquilo. Elas se afastaram de mim, se benzendo e resmungando.

Ao fim de meus 24 dias, havia comido pouco da comida trazida por Céleste e minha mente estava tão clara que eu pensava poder ver através da tenda, através do céu, através do mar. Meu sangue quente circulava por minhas veias e buscava os músculos como as plantas buscam raios de Sol. Eu estava bem ferido e não conseguia dar dois passos na mesma direção. Céleste me ajudou a subir até a colônia, porque eu estava mesmo bem fraco. Quando chegamos lá em cima havia ambulâncias e viaturas. A polícia invadiu a clínica e resgatou todos os clientes.

Vivi na Itália aguardando a repatriação e ouvindo acordeon. A gravadora resolveu o *imbróglio* afinal, afinal foram eles que me indicaram a Abadia de Telema. Li nos jornais que uma jovem, da altura de um jogador de basquete e loira, lutou com policiais, venceu o cerco ao consultório e terminou se matando junto com o doutor Rampa. Eram duas lótus de pedra quando invadiram a sala.

Tinha uns 35 anos nessa época. Tenho cabelos brancos agora. Vitória? Com exceção de duas hérnias de disco padmasanânicas, eu estava curado. Outra vez me senti em paz, purificado de todas as dívidas, livre dos sete pecados, *Tetelestai*, era como se ouvisse a voz de padre do pastor Lindoso roncar nos motores sob as asas do 707 da Boeing, enquanto voava de volta e pensava em Céleste, naquela sua última ássana, ah as pessoas levam a sério demais a forma como passam por aqui. A loira Céleste era amarga, porém era também a mais doce das mulheres. Poderia seguir seus conselhos a vida toda sem temer a outra vida. Como naquele dia ao me deixar na minha tenda contra o luar. Céleste me disse:

"Morrer e viver são partes da mesma piada."

"Pois o que fazer, você desiste?"

"Não. Lhe resta ainda se matar. Isso é diferente."

E completou, os pés afundando na areia frouxa e, lá em cima, o domo dourado de Telema brilhando como um disco voador:

"Ei, cantor, por que você não vem aqui fora e se atira dos rochedos? Por que você não pega uma de nossas armas e estoura seus miolos?"

Gostava de vê-la flutuar com seus quimonos alaranjados e azuis, os seios soltos, sem nada por baixo, doce, irritada com os incensos de sândalo. Céleste tinha algo de sobra e isso falta a mim e a você: coragem pessoal. Algo pelo que morrer de verdade, espiritualmente. Não era desses homens e mulheres revoltados, com um anúncio nos lábios e um megafone na praça celestial. Com ela aprendi a não me esconder sob falsas mensagens e viver. Ou viver tentando morrer da melhor forma.

Um mês depois Telema e Rampa eram pó, Céleste era a poeira cósmica para onde só os bons retornarão, creio. Do mais, era como se nada tivesse ocorrido. Eu estava outra vez na estrada. No estúdio. Na TV.

Compus todas as canções do meu long-play "*Whisky*" e fui à luta.

As pessoas que sumiram voltavam a me cumprimentar:

"Vamos lá, Castilho, nosso campeão."

E eu respondia:

"Quero lhe pedir perdão por todo o tempo que passei longe dos palcos, de onde sentia falta do calor de suas palavras. Agora voltei e vejo a rapidez com que você voltou a mim, e só posso dar isso graças ao Deus dos Palcos, ao Generoso Jesus das Coincidências, não?"

Eu estava feliz porque nada havia mudado.

Numa noite acordei chorando. Sem parar. Sonhei ter me transformado em várias pedras de gelo. E agora estava derretendo. Eu não sabia mais nada. Até hoje não sei.

***

Já eram os tempos da ditadura. E o cerco apertou mais. Foram anos de espinhos para eles. Muita gente deixou de gravar. Livi foi preso no Recife, sem *plata*, sem *money*, disfarçado de bailarino de rumba, metido noutras revoluções. O maestro sumiu da bancada dos programas de calouros. Seu focinho terrível colocava a música popular no lugar devido. Pena. Em seu lugar puseram um palhaço vestido de terno, um viúvo ranzinza acenando com um buquê de lírios para a auditório e chorando pela esposa morta, toda inventada. Ah como detesto as caricaturas. Na outra emissora, Mauel foi trocado por um mongoloide fazendo gluglu-dadá, a ridicularizá-lo com a baqueta na mão esquerda, o charuto na outra e a garrafa de gin amarrada ao pescoço. Era o fim. Nunca mais deu aulas na universidade, nunca mais regeu. Nem deu caras em lugar algum. O palacete com vitrais é hoje sede da Banda Militar.

Na época, se falou baixinho no café perto d'*A Gazeta* que depois da enchente os quatro leões foram encontrados boiando às margens do rio, junto a louças menos nobres, sanitárias, e garrafas plásticas e todo tipo de sujeira. Depois não eram os leões, eram o próprio Mauel León e meu amigo Hudson, e outros bidés. Isso faz me lembrar o cachorro vomitando verde aqui na escada em caracol do Disneylandia Drinks. Nunca saberemos. Só sei que de Mauel León e Renan Hudson, ninguém mais deu notícia, ninguém nunca mais ouviu dizer.

Estava o tempo todo chovendo. Quando não era o silêncio, era a sirene, o orelhão do xis-nove. Quando não era a escuridão, o olhão do holofote.

Época de fazer novos amigos.

Essas sombras, León, Hudson, Compagno, antes luzes, não iam nem vinham mais para o sucesso que se tornou Castilho Hernandez. Os álbuns "Castilho Hernandez, o cantor e sua solidão" e

"Gotas de paixão" tocavam de Sul a Norte. Queria me ouvir? Bastava ligar o rádio.

Eu havia contratado um contador eficiente para fiscalizar as gravadoras. Elas não paravam de pedir sucessos e o dinheiro minava nos travesseiros como cupins no papelão. Tinha cofres em casa. No escritório. Eram três shows por dia e trinta por semana. Discos de ouro e prata, centenas de milhares. Muitos zeros. Tenho mais horas de TV que alguns de vida. Dois especiais por ano na televisão para os amantes da clássica música romântica. As garrafas de uísque também apareciam cheias e sumiam vazias por todo lugar. Não precisava mais compor as canções. Elas brotavam de todo lugar já assinadas por mim. Praticamente se cantavam sozinhas.

As esposas dos generais amavam Castilho. Enviavam convites para comer no Estado-Maior. Eu ia. Me condecoravam com medalhas, me presenteavam livros que jamais leram. Eu lia. E se a leitura fosse comer? Se a busca da dieta perfeita fosse comer cada coisa para endireitar a moral? Um punhado de alcachofras contra o ódio?

"Que delícia de parmê", disse o almirante. "Em Parma não se come igual."

"Nosso cozinheiro criou tudo. Venha, aproveite também os ragus. Melhores que toda a Itália, incluindo os italianos."

"Não, não, está tudo impossível" a esposa do general disse: "Quando viajamos engordamos dez quilos. Hoje, sem tirar os pés da pátria, vamos explodir. Coma, Castilho, coma até se lambuzar, sou sua."

"Minha amada Scylla Gaffrée", implorou o general. "Experimente o suflê: se chama Monte Castelo. Já esse outro tem o nome delicado das batalhas: Montese."

"Sim, marido, já os provei todos. Dá para sentir o gosto dos homens neles."

As bandejas vinham da cozinha voando e paravam nas mesas. Os talheres dançavam com se Uri Geller os regesse pela TV.

Leitões e patos e bois e gansos e cordeiros passeavam pelo salão assados, cozidos, ao molho, ao bafo. Pedi licença, me livrei do avental e fui até o canto não fumar, estava largando isso, queria finalizar um bolero.

Segui o caminho inverso ao das bandejas. Cheguei à cozinha. Vi o *chef*. Ele estava suado de tanto correr lá fora e voltar. Segui-o ainda mais. Lá fora estava o caminhão de onde ele retirava sua matéria-prima. Os auxiliares tentavam ajudá-lo, no entanto ele tinha seu método próprio e esbravejava e xingava todo mundo. Sacos azuis, pretos, o chefe se guiava pelo cheiro. Recolhia tudo, levava à imensa cozinha inoxidável do quartel e montava quitutes, pavês, lombos, molhos, sushis, nada se perdia. Gênio. Gênio da culinária. O verdadeiro paranormal da comida. Quando o caminhão do lixo se esvaziou ele se sentou e descansou. Tudo estava criado. A terra estava renovada. Voltei ao salão. Só bebi água de cuja garrafa pudesse ouvir o gás escapar quando abrisse. Ninguém sabe de verdade o que bebe, come, ou o que diz, é assim em todos os lugares. Eles me pediram para cantar e cantei por duas horas e não senti fome por vários shows.

"Estrelas só combinam com estrelas, Castilho, meu querido", disse o almirante-marechal-general.

As socialites, os trens das locomotivas, mandavam convites para viagens e para drinks onde boiavam diamantes.

As esposas dos operários, eu as fascinava e vivia fascinado por elas. Todas idolatravam ainda mais Hernandez. Seus maridos me amavam.

De todas as classes, entravam escondidas nos hotéis. Subornavam produtores e camareiras. Imploravam. Elas estavam o tempo todo me perseguindo. E vice-versa. Existiu Lucy, esposa do riquíssimo patrocinador da indústria de cigarros. Não havia como não a fumar. Elas deixavam calcinhas, alianças. Uma aproveitou de o marido se chamar Hector Carvalho para tatuar "CH", de Castilho Hernandez, a dois dedos acima dos lábios.

"Por qual razão você inverteu as letras, meu amor?", o cara perguntou.

"Sim, e que desculpa você deu para o corno, Gorette?"

"Eu disse a verdade."

"Você falou desta homenagem?", perguntei nervoso, e me afastei da tatuagem.

"Eu disse que disse a verdade, Castilho."

Ela concluiu com voz de freira:

"Oh, Hector Carvalho, meu amor: você não leva mesmo a sério meu trabalho. Você sabe como nós, bibliotecárias, vemos o mundo, os nomes: os sobrenomes sempre vêm antes."

"E ele?", eu quis saber.

"Ele beijou e lambeu esta tatuagenzinha. Mas nunca como você me beija e me lambe, meu Cêagázinho."

Quantas foram? Algumas com seus maridos no bar do hotel, lá embaixo, esperando o show. Ou à porta. Ou dentro do quarto. Ou conosco.

Ah, me recordo de Jane, os cabelos tingidos de vermelho, não devia ter trinta anos, dois de casada com um patrulheiro rodoviário. Consigo vê-la de novo no tapete da sala ajoelhada como uma noviça no genuflexório. Jane ia aonde fosse possível ouvir "De joelhos, clamo que voltes", convencida de eu ter composto especialmente para ela.

Sidney, eu encorajava Sidney até ela cair de gozo ou de bêbada. A bituca de Sidney iniciou um incêndio no bairro, quando dormiu fumando e pôs fogo nas sedas dos lençóis e no colchão. Sidney era um tipo de leão rampante: começava a falar com você como se fosse a bebezinha, de algodão, e terminava como se fosse o pedreiro, o marinheiro, uma lixa, um dicionário de palavrões. Detestava transar com ela e no pico da onda ela me chamar de papai. Nessas horas, não somente ela, mas também seu marido, cansei de expulsar um ou outro só de calcinha do meu quarto. Vão encher a cara noutra creche.

Oh, sim, eu já fui um sucesso.

Minha memória é um ioiô flácido, agora.

Me lembro, no jovem sebista, pela manhã, enquanto esperava a chuva atravessar Cromane. Eu ficaria ali para sempre. A agulha pousava carinhosamente como uma borboleta faixa a faixa, disco a disco, cada um dos hits de Castilho Hernandez, a vida não é mais que uma lista, isso está em Eclesiastes, e me senti vivo outra vez na Cidade Morta:

"Pimbão", "Eu te amo", "Silêncio" "Então eu vou parar de te amar", "Bebendo tequila", "Lá vem uma santa", *"Mis labios están selados"*, "De acordo com meu coração", "Estou perdendo você?", "Quatro paredes", "A Ave Maria", "Lázaro" "A estrela mais nossa", "João Maria, pintor da Virgem", "Duas sombras na sua janela", "Camacho e a desilusão", "Solidão", "Willie Mil Faces", "Casa", "Parceiros", "A vida é outro circo" (ou "A mulher no número da Roda") "Afrodite pisou na minha rua", "Ele terá que ir", *"Breaking bad fellings"*, "Estou ficando melhor", "Esteja em paz, meu velho", "Fatalidade", "Minhas rimas são para ti", "O monge-cavaleiro", *"Jingle bells Rio"*, "Eu senti minha falta", "Dime, pajarito", "O que você faria?", "Migalhas", "Perdendo seu amor", "A noite é tua, meu amor", "A desconhecida da praça", "Uma carta ao meu coração", "Eu vou mudar tudo", "Você é a única coisa boa", "O abandono de minha morada", "Esse sou eu?", "Culpado", "Todas estradas andei", "Viagem a Acapulco", "O ciúme não é desculpa, eu sei", "Eu acho que sou", "Não, até a próxima", "Amar é", "Há uma dor no coração me arrastando", *"Conga Cavalito"*, "Nem ouro nem prata", "Eu não vou te esquecer", "Repertório", "É isso, acabou mesmo?", *"From Alabama to Cromane"*, *"Welcome to Disneylandia"*, "Rosa Rio no cio", "Dói muito (ver você passar)", *"Bananas and rock and roll"*, "Quanto tempo faz?", "Floco de neve", "Lábios grossos", "Solidão do meu coração", "O lado S da solidão", "Eu não vou entrar enquanto ele estiver lá", "A tempestade", "Ouvi um coração se quebrar hoje à noite", "Quando você se for outra vez",

"*Tornerò come il mare*", "Ninguém é tolo", "Anjos não mentem", "Pés ciganos", "Saudades de você", "Sou assim bem fácil de esquecer", "Eu lutaria contra o mundo", *"No pain, no money, no whiskey"*, "Você pertence a mim", "Você nunca saberá", "Eu te amo porque", "Não é nada para mim", *"Little old time"*, "A mão de Deus selou este amor", "Você é a única coisa boa", "Não me deixe atravessar", "Oh, como sinto sua falta esta noite", "Me pegue nos seus braços e me segure", "Céleste", "Sempre existe eu", "Dormir e acordar sozinho", "Doente", "Caio em pedaços", "O que pensarão de mim?"

A vida toda, harmonia e contraponto, na ponta da agulha de diamante do passa-discos de um sebo.

REVELAÇÃO

Tenho o coração invertido.

Não,não esqueci de mencionar Nemo Compagno. Como poderia? Tantas lições aprendi com ele.

"Quando for compor,não dê a mínima nem semi-mínima de como aquilo vai começar. Persiga o final. O final é tudo numa canção, e em tudo, Castilho. O final e o estribilho. Não importa como a vida começa,isso não é com a gente,não dá pra escolher. Interessa o fim, onde a gente escolhe."

Ou:

"O músico só tem uma obrigação na vida. Fazer uma canção após a outra, a última sempre mais inesquecível que a penúltima. Mais nada."

Pela primeira vez na vida pude escolher. Ah, isso é esquisito de dizer.

"Você pode ser um leão morto. Ou um cordeiro vivo."

Ai, isso é outra coisa terrível de ouvir.

E de se dizer.

"Custa ser grande. Algumas vezes é cansativo ser Castilho Hernandez."

Eu precisava encontrar o caminho de volta. Frequentei mais silêncio e mais solidão, por um *very-long-time*, como cantam por aí. E se você vier me perguntar por onde andei, dormi como um morto ou uma porta. Quem dorme estará perdoado? Por razões secretas, hoje tenho uma mente e uma submente, como em mim vivesse o sonâmbulo, o estrangeiro, outro morto. Só há um único inferno: a alma desumana da gente. Além disso, somente eu me calei? Somente eu trinei? E chorei?

Parece de a vida ter se passado melhor longe da minha consciência.

"Na presença de estranhos, não chore", tanto me ensinou o amigo. Lições impossíveis.

"Castilho Hernandez, jamais mendigue atenção."

"Castilho, jamais pise na cabeça de ninguém."

"Quando ando pela Vanity Street, você não vai acreditar, Nemo, uns engraçadinhos têm a coragem de apontar o dedo para mim, e sorrir e sussurrar. E quer saber? Suas sombras não me preocupam. Estou bem. E todas as segundas-feiras de manhã dou risadas a caminho do banco. Estou bem, tenho dinheiro e tudo o mais. Você sabe qual é o meu slogan: 'Baby, faça o quanto quiser, apenas saiba o quê.' Yes, não force sua vontade a ninguém, porém, se não puder evitar isso, siga sua vida, ninguém é santo nem santa. Você me entende, agora, bebê? Querido, quando sairmos daqui, não sabemos para onde estamos indo ou voltando. Não caio em conversas. Vou viver enquanto estou aqui. Vou curtir tudo à toda... o vinho, a música e os anjos, sem limites os homens, as mulheres, os flashes, o quanto der e mais um pouco. E é assim que vivo, e é por isso que sou tão feliz o tempo todo. Estou só cuidando dos negócios."

"Pode fazer uma canção com isso, CH."

Nada. Eu só precisava bombear meu coração invertido até tudo explodir.

Nemo concordava comigo, ele com seu coração em um corpo também atravessado. Ninguém teve o braço mais forte, a mão mais amiga, o abraço com tanta ternura. Não o esqueço. Pelo contrário. Está entre as pessoas mais vivas dentro de mim. Por isso, de propósito deixo sua figura deslizar nestes raios dourados de Sol, neste céu aberto como um coração nu, do Disneylandia Drinks.

Nunca pisei na cabeça de cobra de ninguém. Algumas pessoas podem até ter feito isso por mim, mas eu, com meus próprios pés, nunca, Nemo.

Desde o começo, deveria ter feito a pergunta fundamental:

"Posso confiar plenamente em você? Você não vai tentar me manipular e mentir para mim? E me agredir até nos meus sonhos?"

"Você está pensando no que estou pensando, Castilho?"

Nemo era generoso como se fosse morrer amanhã. Porém, no dia seguinte estava ali, e era mais generoso ainda. Era o próprio ciclo vicioso da virtude. Nemo, que esperava morrer no único dia em que não pensasse na morte. Me disse.

Nos últimos tempos sua bondade se convertera em péssimos sentimentos.

"Estou apavorado."

"Com o quê, Nemo?"

"Com tudo e com todos. Às vezes penso que o mundo vai afundar. Você não vê como as pessoas andam tristes? Estamos todos desesperados. Ontem houve o toque de recolher. Querem nos matar no sofá."

"Tudo passa."

"Castilho, se não pode dizer nada de fato útil, por que não te calas?"

Foi por essa época: estava de volta, em busca dessa tal felicidade. Juntei o que restava e me meti em lugares impossíveis. E pela primeira vez em minha vida deixei a música e tudo o que tinha a ver com arte. Por vasto tempo enlouqueci, sem ouvir nada, sem escrever canções, sem assobiar lembranças.

Algumas pessoas são batizadas mais tarde. Anos mais tarde, comecei a cantar por aí nas cidadelas de todo lugar, longe de todos, me apresentando com outros nomes ou imitando Julio Iglesias e Michael Jackson ou Cinquetti, algo que não desejo mostrar para você. Cantei em rotarys e lions clubs, para esses caras católicos, tive a sensação de ter nascido para esse tipo de música, para sujeitos com um copo de uísque na mão, de tédio invencível, eles uma hora ou outra levantam o cotovelo da mesa para uma garfada; se levantam para dar sua tacada; para esses surdos, uma música sem inspiração e sem liberdade.

Dividi picadeiros em circos e feiras agrícolas, entre vaqueiros e verdadeiros artistas. Dei festas impossíveis de a polícia controlar em infernos dos quais o garoto Inácio ainda ruboriza quando se recorda; com gente que merece o paraíso, para quem a Terra foi feita de verdade. Torrei dinheiro em lances que os governos jamais descobrirão como ocorreram.

Cantei, cantei até ir desaparecendo, descendo, descendo, descendo, mil anos.

E por todos os lugares, as pessoas diziam:
"Impressionante, impressionante, você deveria estudar canto."
"Não, canto, não", respondia. E no dia seguinte fugia dali.

Depois até isso abandonei. Consegui um emprego de caseiro numa propriedade pintada ao fundo de uma chapada qualquer. Havia tudo a fazer na lavoura, os prazos com a usina de açúcar e os bancos, e manter a casa limpa, o jardim de pé, algum conforto, porque a ideia de sujeira e abandono e a impressão de decadência pode servir para os poetas. Não é o meu caso.

Mas a música me perseguia por todo curral. E apesar de eu dizer mil vezes "não" ela dizia mil e uma vezes "sim", *"sí"*, *"yes"*, *"oui."* E comecei a sonhar outra vez que cantava, que estava outra vez atrás do piano de Mauel León, ao violão com Nemo, *tocando* a harmonia e acreditei poder cantar melhor que antes dentro desses sonhos.

"Bem", eu dizia, ao acordar, "são sonhos, sonhos são sanhas, neles posso cantar com meus amigos, aqui fora, não."

No outro dia sonhava sem saber se dormindo ou acordado, os olhos dois balões inflados, o coração queimando de alegria.

Porém, outra vez, decidia deixar para trás a coisa que me perseguia.

Passei quantos anos mais?

Até certo dia uma mulher simples, colhedora de lavanda, do perfume Alfazema, me perguntar:

"Olá, senhor caseiro, será que você sabe alguma coisa de música?"

E ela se explicou:

"Me explico: meu filho se forma amanhã no ginásio e haverá uma apresentação, como ópera, e estou muito nervosa. Não sei me comportar nessas coisas, nem sei o que terminarei por ver. Por que não o senhor não me explica o que eu verei, o que poderei sentir?"

Tentei. Eu tremia dos pés à cabeça. Mas pela primeira vez em quarenta anos desejei estar ali com ela, ou ser ela ali no palco do ginásio, com sua gente ou no teatro anatômico de dez mil lugares de Cromane. Estava emocionado e durante a noite, em solidão, descobri que tudo na música é sólido: emoção e verdade.

Dormi. Acordei. Dormi de novo e sonhei.

Então certo madrugada, por um tipo de revelação, acordei diferente. Foi como tivesse aparecido para mim mesma com a recordação perfeita da vida inteira&inteira da vida perfeita. Lembrar dessa música cantada por mim em outra voz que também era a minha foi como reconstruir no ar o domo daquele céu em meio a grutas de gelo subterrâneas, abertas por rios violentos.

Sonhei. Dormi de novo. Acordei. Dormi.

Eram lampejos. Estava de pé, diante de Beethoven (e, me disseram, foi homem que também ocultou dos demais) diante da Virgem ou de Deus, não sei, eu ouvia a música, verdadeira, pela primeira vez. Que tipo de sonsohms são, que em meus sonhos despertos ainda ressoam? A música em primeira pessoa, enfim. A música que faz de quem a canta um herói e não um rola-bostas e me definiu melhor. Não o pato profetizado por meu pai. Sou artista. Não importa como me vista, sou artista. Nem como me comporte, sou artista. Isso eu falava pra mim mesma, enquanto cuidava razoavelmente da horta e do apiário, e do poço e do jardim. Eu enlouquecera agora pela razão correta: eu sou Castilho Hernandez.

Dias recentes, me vi sentada na cadeira de uma sala simples, a voz ainda calada, sem calor, sem nada, tomando antiácidos e dobrada sobre meu próprio estômago, e, quer saber?, me levantei e olhei pela janela, a pequena escotilha, e vi as estradinhas de nada nessa esquecida pintura onde habitei tantos anos e meu olhar seguiu reto até a montanhazinha; depois desenhou um rio a separar as pastagens das terras cultivadas e das hortas. O prado é a grande mesa de bilhar, verde; depois outra montanha cresce e agora é tudo caminha morro acima, morro mais longe ainda até encontrar a cidade, que também é outra várzea alegre dentro do vale ou uma caçapa bem ventilada. Se olho à direita, dá para notar outra planície se alargar; quando comprimo os olhos para ver maior, vislumbro outra faixa azul de outro rio se modelar, ao modo do ciano do céu e dos rios, o amarelado das campinas, e o branco das dunas lá longe, onde se esconde um mar verde e generoso a se assemelhar a uma bandeira; tudo isso em torno de uma moldura prateada de um céu estrelado quando Lua cheia. Depois dessa lonjura, abre-se o mar Verde e mais mares ainda estão, na sua ordem, a floresta de eucaliptos, o distrito industrial, a Nova Cidade projetada para os ricos e uma hora de estrada a mais o centro velho de Cromane, os becos, onde nessa hora os sinos das velhas igrejas tocariam e a velha gente sem fé nas ruas voltaria para casa destinada a viver sob aquele ar sufocante; e, enfim, a galeria; a galeria, o corredor, o cabelereiro, a loja do Talco Vinólia, o fotógrafo e sua revelação instantânea, a assistência técnica, enfim; o chaveiro, as portas fechadas, a bomboniere, o portão, a loja maçônica e só lagartamente o palácio de minhas memórias, minha querida anti-Xanadu, o Disneylandia Drinks.

Oh, sim, olhando pela escotilha e vendo mais do que havia, meu peito se encheu de alegria. Uau, sim. Me lembrei do meu slogan e decidi colocar a melhor roupa para me despir e voltar. E me alegrar.

Bela e celeste alegria/ Sente a cada divindade/ Bebemos em cada dia / Toda a tua santidade/ Onde tu espalhas magia/ Nunca há superação/ Sob essa tua harmonia / Cada homem é um irmão/ Quem alguma vez na vida/ Soube um amigo conquistar/ Quem encontrou esposa querida / Vem agora celebrar/ Quem nem sequer por um dia/ Alma irmã soube encontrar/ Fica em pranto e em agonia/ Sem a nossa festa entrar/ Todos bebem da alegria/ Do seio do Criador/ Os irmãos em harmonia / Seguem em trilho em flor / Deu-nos beijos/ Deu-nos vinhos/ Como penhor da verdade/ Abra a todos com carinho/ As portas da eternidade/ Aqui lanço apaixonada/ Um abraço ao mundo inteiro/ Debaixo do céu estrelado/ Existe um Deus verdadeiro/ Oh, Mundo maravilhado/ Buscas o teu Criador/ Pro-curam no céu estrelado/ Quem mora o Senhor/ Oh, mundo maravilhada/ Buscas o teu criador/ Procura no céu estrelado/ É lá que mora o Senhor./

A ideia se manteve feliz por vários dias e ela resume minha compreensão sobre essa ideologia ou engenharia da felicidade. Quando fecho os olhos à noite penso o quanto seria excelente se a Ideia permanecesse comigo quando enfim eu fechar os olhos.

Eu estava em paz ou harmonia, a música me punha invencível diante do mundo e foi quando viajei de volta e cheguei a Cromane.

***

"Você tem coragem de ir daqui a pé, até o centro, agora?", perguntou Tomás. "Você me deve duas cervejas."

"Não estamos no centro?"

"Há ainda o centro do centro do centro."

"Pode ser."

"Não. Você parece cansado. Nem andou e já está suado."

"Não estou, vamos. Quem deve, paga. E estou hospedado no centro."

"No centro? No centro de Cromane? Ali só tem hotéis-puteiros."

"Nada. Quem procura, acha. Estou muito bem instalado."

"Esqueça. Não foi boa ideia. A chuva pode pegar a gente no caminho."

"Vamos embora. Chega de visitas."

"Está perto das cinco. O comércio fechou. Só os bares do miolo estão abertos. São vinte minutinhos a pé. Você aguenta, até o Berne?"

"Nossa Senhora. O bar ainda existe? O Berne está morto a essa altura."

"Vivo."

"Impossível, Tomás. Precisaria ter uns 120 anos."

"É como você fala..."

"E eu, como falo?"

"'Uau, sim.'"

"Sim?"

"120 anos? O Berne tem mais."

Pensando melhor, nunca saíram daqui. Estão todos aqui ainda. Se quero vê-los, tocá-los, basta fechar mais os olhos e cerrar mais os punhos. Não é uma viagem toda em vão.

Saí do Disneylandia Drinks para sempre. Poderia não ter voltado. O Tomás estar ali me ajudou a não solenizar nada.

"Seus olhos estão vermelhos", ele disse. "Passamos na farmácia e você compra um coliriozinho."

"Não é nada. Poeira. Você ainda tem cigarros? Me dê um, depois compro outro maço para você."

"E eu agradeço. Você fuma? Ora, podia ter me pedido antes, mestre."

"Fumava. Fumei. Quero fumar. Obrigado."

Comecei a ouvir zumbidos em volta da minha cabeça. Tomás se abanou no rosto uma vez, duas, como se moscas e insetos o incomodassem.

"Inferno de bichos. Por pouco não engulo mosca agora."

"Devem se defender."

"Atacar!", berrou ele, matando a bicha com a palma das mãos. "Se querem me ameaçar, agora já sabem."

"Como o inseto pode se livrar de quem o ameaça, você sabe me responder?"

"Se camuflando entre as folhas, como as mariposas."

"Ah não, esse truque todos os predadores já manjaram. A natureza ensina para os dois lados. E dá preferência sempre aos com mandíbulas mais fortes."

"Então não sei."

"O inseto deve evoluir mais para ficar invisível de verdade."

"Isso não é só impossível como é mesmo impossível, Inácio, vá desculpar."

"Existem milhares de espécies desse tipo, Tomás. Me tornei uma delas."

Tomás respondeu:

"Entendo."

Depois limpou as mãos na calça e consertou:

"Não, não entendo. Deixa pra lá."

Ele tirou os cigarros amassados do bolso da calça. Peguei um. Afilei. Soquei o fumo. Tomás o acendeu e tirei um longo trago.

Fumo.

Meus olhos arderam mais ainda.

"Eles querem acabar com a gente, essa é a verdade."

"A verdade? Do que você está falando, Tomás?"

"Deles. Eles querem acabar com a gente como se a gente fosse inseto."

"De quem você está falando, dos pernilongos, das moscas, dos fabricantes de cigarro, por acaso?"

"Deles. Não faltam *eles* contra nós. Falo é dos ricaços, dos donos de tudo."

Fiquei em silêncio, inalando a fumaça.

"Um dia eu viro o jogo, um dia eu pulo o muro, vou viver do outro lado, você não verá, Inácio, você não é daqui, ou nunca foi, vai saber... mas pode ter certeza disso."

Demorou um século para o fumo descer pelos brônquios, inundar os pulmões, se dissipar e depois o foguete de fumaça subir.

*

"E pra você, Inácio, o que é a felicidade?"

"Estesia sem dor, Tomás. Este vazio pleno já é a felicidade."

*

Segui na frente, desci os sete degraus.

Medo.

Ansiedade.

Fome.

Desencanto.

Solidão.

Pobreza.

Amargura.

Já estava bem à frente, quando Tomás baixou a porta com um baque. Mesmo assim não olhei para trás. Minto, antes de sair vi o último raio de sol deste dia invernal sobre a escadinha. Ou imaginei ter me virado, ou desejei. Já tinha flashes demais para carregar.

"Espere por mim, mestre. Nunca se sabe."

Ele é ágil. Logo se colocou à frente. Procurava as chaves do portão nos bolsos e as encontrou.

"Espera, você vai levar a alavanca para o bar?", perguntei.

"Fazer o quê, mestre Inácio? Além disso sempre ando com ela, aqui e acolá."

Quando comecei a andar me lembrei do tornozelo, não passei recibo. Tomás tinha razão. Eu estava fatigado. Queria dormir. Descemos pela rua dos Frades. Era uma descida de cem metros. A cidade estava oca. Ouvi ao longe o barulho, como um trote. *Alegrissimo*. Dava pra se ouvir o eco da própria voz. Os carros e as sirenes pareciam ter ido para outro mundo ou ali perto da Junta do Comércio e do Farsano tudo era um mundo à parte. Podiam rodar filmes da *belle époque* naquele cenário real, sem ajustes. Não entrava no velho bairro, entrava nos séculos. Exagero? O que dizer disso?

Descia a ladeira e passou por nós um jovem cavaleiro e um enorme cavalo de pelo esverdeado. *De repente, o cavalo corcoveou, e o jovem veio quase ao chão; mas sustentou-se, e meteu as esporas e o chicote no animal; este empina-se,* toma impulso e salta com as patas de trás, sua crina cria uma *ola* ou arco-íris negro contra o vento, daí ele ficou um beija-flor, no ar, por um tempo, depois coiceia o vazio movido por sua própria eletricidade. O cavaleiro acompanha tudo pois eram um só corpo. O cavalo ainda teima; no fim de cinco minutos de luta, o cavalo cedeu e continuou a marcha.

"Que coragem, que sangue-frio", disse para Tomás. "Uau, sim. Eis a arte do cavaleiro."

"Vamos, mestre. Tudo aqui é perigoso", disse ele.

Meu guia me fez atravessar o largo da Antiga Comédia, a ponte de Ouro até embicarmos na alameda Dourada, hoje nome de algum político, e me meteu pelo Aterrado acima. Ali eu quis voltar. A pensão ficava perto. Não gostava da ideia de ser conduzido. Especialmente a Cromane que não me viu crescer, porque foi mais o contrário. Rua das Tulipas, da República, da Antiga Comédia, esquina da Florins com a rua do Sol, Fonte da Revolução, Chafariz do Golpe, paço do Hipódromo, Largo do Derbi, escadarias do Pródromo, o restaurante Le Pharsamon, alameda são Zacharias, tudo sob um manso céu arroxeado.

Vi se transformar nesse monstro. Era como me reapresentassem a um morto, uma morta. Não gostei de novo dos meus pensamentos. Despensamentos. Eu desandava. Ainda conseguia sentir o mormaço do Disneylandia Drinks. Pensava agora no cavaleiro. Tinha o rosto triste. Busquei distrações. Segui confiando, atrás de Tomás. Ele de vez em quando metia a alavanca com força na calçada e quando acertava uma pedra extraía faísca do chão. Se divertia. Tudo deserto. Descemos a *Escalier du désir*, do Casino Luna Beer, e o cheiro de óleo e peixe tomou tudo.

"Está perto. Passamos por este fedor, depois a gente pode sentir o cheiro das bananas e maçãs e abacaxis tudo ainda fresco, nos caminhões carregados, ali no cais."

Ainda estava na minha cabeça a luta do cavaleiro e do cavalo contra a gravidade, contra as pedras lisas, espelhos, da rua dos Frades. Minha cabeça doía. Voltei a tossir, o cheiro forte me desagrada e sempre tusso quando os aromas se excedem. Quando garoto, o incenso nos turíbulos me fazia vomitar. O fedor das bananas e maçãs e melancias podres e o óleo do mar e o diesel dos caminhões e dos navios, o ar denso e tóxico, tudo se misturava ao enjoo pelas lembranças do cheiro das comidas dos grandes banquetes e dos perfumes nos bacanais da minha vida.

Eram festas de dez dias consecutivos na terra, no mar, na baía, na ilha, no céu. Mandaram buscar dos Estados Unidos as caríssimas velas aromatizadas com o cheiro da vagina de Tina Turner. Era um cheiro das essências caras de musgo de carvalho, ou bétula branca, dava para se notar o perfume das coxas impossíveis de Tina, e também variações de aromas íntimos, cravo-da-índia, das partes secretas, nem tanto, de outras estrelas. Elas animaram muitas noites sem fim. Todos queriam todas as intimidades. E pagavam caro para respirar esse ar.

Ah se você pudesse se lembrar como me lembro. Não me esqueço de nenhuma palavra do discurso de Cartier Dalla Selva na piscina. Quando vestia a sunga e entrava n'água, o anão evangélico se transformava. Ele gravara todos os sucessos falando em lábios quentes e estrelas cadentes em inglês sem saber pronunciar sequer "gudmorniguen" e não dava entrevistas. Sua arte era ganhar dinheiro:

"Um artista procede assim. Só lhe interessa sua arte. É vampiro de tudo e de todos, a começar das mulheres. Entra nas relações apenas para estudá-las e, na melhor das hipóteses – para elas –, serão convertidas em personagens das suas canções. Porque, entre os poderes da mulher, o melhor deles é despertar a energia criadora mais profunda de um artista. Ele deve se servir dela como melhor lhe agrade. Até o leite da própria mãe converteria em tinta para um samba. Como um criador furioso o artista deve ser mais implacável do que a mulher, tão perigoso para ela quanto ela para ele, e do mesmo jeito, horrivelmente fascinante. Nessa luta de vida e morte estão condenados a se amar para sempre."

Concordo número e gênero com ele, no vestido de veludo zebrado, no quinto ou sexto dia de porre:

"Uma artista de verdade não pode ter piedade de ninguém. Deve despojar de uma pessoa justa, deve mutilar, destroçar e se aproveitar de todos os que encontrar pelo caminho. Amar o céu até o sétimo céu. Sou desse tipo, serei amada para sempre."

"Ora, e o artista não ama?"

"Não, baby. O artista sente atração. *É* a atração. Não sai desse lugar por nada."

Descobri cedo que as melhores coisas da vida são de graça. E que podemos deixar isso para os pássaros e abelhas, sem crises, sem remorsos. Quando me lembro de Dalla Selva e Lear e todas as *personas* dourando ao sol artificial das piscinas, me recordo de como nunca fui alguém de tocar nos pontos baixos da vida. Admito que sinto orgulho disso em mim, mais que de qualquer outro traço meu. Porém, devo considerar: talvez tenha estragado tudo, com todos, e esse tudo ainda não é nada. Talvez eu esteja ainda no rabo da cobra, talvez haja mais ainda, mais venenoso a se revelar. Tantos talvezes. Tanta amargura, solidão. Desencanto, medo.

"Não ouvi, Inácio. Fale mais alto."

"Não, eu não disse nada. Também tive a impressão que."

*

Tomás chamou minha atenção para a construção moderna, onde se destacavam as luzes avermelhadas contra o céu que insistia em se enfumaçar.

"Olhe a beleza, meu cantor, olhe só para aquilo. Estiquei um pouco o caminho porque queria lhe mostrar isso."

Não podia me deter em feiuras. O prédio talvez fosse branco. O sol de algum modo quarava escondido em alguma nuvem. A luazona se abriu azul. O edifício brilhava açafrão e os vapores das luzes de florescentes dos postes lhe acrescentavam uma pele azulada, e tudo parecia gelado. Alguns caminhões frigoríficos se encostaram nas paredes altas da lateral e eram focas desoladas no silêncio, no chão de lama, da chuva.

"O prédio. O que tem lá?"

"Ah, Inácio: é o novo cemitério de pequenos animais em Cromane."

Sorri. Aproveitei para me escorar na pilastra da escadaria e descansar um minuto.

"Nossa Senhora, você gosta disso, de abate de bichos?"

"Um dia terei meu próprio matadouro."

"Você fala sério?"

Tomás respirou como bebesse os últimos raios de luz sobre a face da Terra. Depois acendeu o derradeiro cigarro amassado.

"Sou matador, Inácio. Isso é o que faço do fundo do coração. Porcos.", ele respondeu. A luz da Lua fazia sua testa brilhar. "Sou mestre-matador. Mato melhor meus animais no fundo do quintal dos criadores do que eles matam aí, com toda tecnologia. Mesmo assim admiro o jeito, veterinários, enfermeiros, drogas, choques, serras-tico-tico."

"Vamos. É só um matadouro público."

"Não. Não é. Pra mim é mais um templo, é minha igreja. Anote aí, Castilho-cantor-Hernandez: o porco ainda vai salvar o homem."

Seguimos. Todo caminho era longo para quem tem o tornozelo como o meu. O cais. Botes. Navios. A maré frouxa e a respiração tranquila da noite.

Logo ao dobrar a esquina, brilhou o inferno que é a alegria, são as pessoas, as festas.

"Venha, Inácio. Vamos nos divertir."

Ele seguiu mais rápido, o corpo tentando dançar a música, que variava, de bar em bar, até o nosso.

Eu já falei o quanto detesto a dança? Qualquer dança?

***

Com exceção de Meli, os amigos de Tomás eram autônomos ou desempregados, desassistidos, remediados, advogados a meio naufrágio, professores a meio pau, manicures e gerentes de loja, uma procuradora, gente pela metade, outra parte aranhas, rola-bostas.

Meli faz circundar em sua órbita vapores e perfumes, é arejada e não dá para esconder como todos ali a desejam, em todos os estados civis e físicos da matéria.

Os casados desdenhavam do casamento, os cornos desdenhavam das mulheres e das amantes com eles nas mesmas mesas, e por aí seguia a banda. Eram máquinas barulhentas.

TESTA – Quem ama não sacrifica seu amor, *seu* quer dizer o do outro, isto é outra forma de antiegoísmo.

IRAÍ – Isso é o que você pensa. E se engana. Não tente nos enganar com jogos de palavras. As mulheres só veem os homens como instrumentos para seu interesse.

TRIGONA – Detesto o tom desse discurso.

TESTA – Deixe, Trigona. Ela sempre é mesquinha com as mulheres. E elas são mais carinhosas do que nós merecemos.

IRAÍ – Claro, como soldados com sua arma. Por mais forte que seja o homem, não consegue escapar da mulher quando ela decide atraí-lo e cativá-lo. As mulheres só derramam alguma lágrima quando perdem. Eles são apenas instrumento do prazer ou da utilidade.

TESTA – Você nasceu chifrada. É isso.

TRIGONA – Testa, Testa, você também é um rola-bosta, cínico com a mulher que ama, ou, no seu caso, devo me referir ao plural?

Testa – Não me considero cínico.

Trigona – É. E é compreensível. Como teria coragem de deixar seus filhos morrerem de fome, obrigar sua mãe de oitenta anos a trabalhar para lhe sustentar e comprar vestidos e sapatos caros para suas amantes, e gastar a aposentadoria da coitada só para beber com a gente, como exatamente agora?

Depois das apresentações tudo ia bem. Daí algum demônio saiu do outro lado do bar, junto do balcão, venceu as mesas e tudo piorou a noite.

"Estive olhando dali do meu canto", ele disse, a voz de bode: "Você não é aquele cantor antigo?"

"Meu nome é Inácio."

"Preta, venha ver, claro que é ele: Castilho Hernandez."

A mulher tinha uns cinquenta anos e algum defeito na fala, mas não fazia diferença no meio do burburinho. Ela chegou mais perto, me olhou com interesse, tocou meus cabelos, desceu a mão por minha testa até o cavanhaque, até o peito, como fosse cega, e disse:

"Sim, parece com ele. Castilho Hernandez."

"Nem tudo que parece, é", falou o homem na ponta da mesa, de óculos quadrados, interrompendo a mulher.

Ela continuou:

"E daí, se for? Se pelo menos fosse Caetano Veloso."

"Caramba, Inácio", disse Tomás, "então é verdade. Amigos, passei o dia inteiro com um artista de verdade e não com um mequetrefe de um corretor."

"Artista coisa nenhuma", falou Aristeu. Não há nem nunca houve artista em Cromane. Este aí é tão cantor quanto o Cristopher-super-homem, o mafioso de Cromane, é coroinha da igreja."

"Deixe o cara em paz, Aristeu." Disse a Meli protetora. E se virou para Tomás:

"Tomás, estão constrangendo seu amigo. Não deixe", falou.

Ela tem a boca grande e sorridente, os olhos são duas uvas. Estou hipnotizado vendo seu sorriso em meio ao barulho.

Estão todos em volta da luz, não despregam:

"É ele, sim. Me lembro dos shows na TV, e todos lá em casa eram fãs desse cara. Havia um pôster no quarto da minha irmã mais velha: 'Castilho Hernandez, o cantor e sua solidão', estava escrito."

Retiro o espelhinho redondo do bolso, mas não tenho ânimo ou tenho vergonha de me pentear. Escondo-o na palma da mão. Nas costas do meu espelhinho há uma foto de mulher nua e me envergonho de mostrá-la. Não encontrarei lugar no mundo agora nem nunca?

Tomás me olhou com os olhos de traça:

"Pela hóstia consagrada, diga pra gente, homem."

"O que você quer que eu diga?"

"Confirme ou não confirme", gritou o garçom.

O dono do bar, ia passando e Tomás o chamou:

"Venha cá, Berne, tire nossa dúvida. Este é ou não é o cantor de boleros? Hoje à tarde ele agia como se fosse."

Berne tem a idade que parece ter. Ele olhou para mim e disse:

"Impossível. Castilho Hernandez deve estar no inferno há mil anos. Nos melhores tempos da nação, ele traiu Nemo e sua laia de terroristas. Depois sumiu."

"Com todo respeito, não é verdade, Berne", disse. "As coisas não são simples assim. Mortos ou vivos, ninguém merece seu julgamento moral."

"Vivi demais, senhor, ou já estou morto e não sei. Tudo é permitido dizer e fazer a um homem nesta fase da pós-vida."

"E você confirma, Inácio? Não é só lorota? Você é mesmo Castilho?", perguntou Tomás.

"Deixe de ser burro, rapaz", respondeu Tujuba. "Você não ouviu? O moço acaba de confirmar que o cantor está morto."

"Morto. Qualquer médico poderia atestar que não há mais som onde batia um coração antes", era o pensamento e resposta mais adequados.

"Até onde sei, não canta mais", respondi.

"De onde você é?", alguém quis saber.

"Nasci em Cromane. Estou de passagem."

"Prazer. Meu nome é Davisi. Trabalho na rádio. Não precisa confirmar para mim, porque já sei. Você poderia ir ao estúdio amanhã para uma entrevista?"

"Vou embora logo cedo, amanhã."

"Pena" ele falou, "Uma pena, de verdade. Me ajudaria com o chefe. Agora ele só dá bola para o pessoal da FM. Grande novidade."

Fiquei calado a maior parte do tempo, enquanto o assunto era Castilho Hernandez. Mesmo quando o aviador insistia:

"Não julgo ninguém. Naquele tempo era preciso estar atento e forte. Os fortes estão vivos. Os atentos embaixo da terra. Eu mesmo: perdi um irmão pros militares e outro pros comunistas. Na nossa família, estamos quites com a política."

"Jura?", perguntou a mocinha, mais jovem do que o mais jovem uísque, na outra mesa. Por conta do barulho acho que se chamava Pichelá,

"Sim. O mais jovem, Alessi, era ateu: os comunistas mataram. O mais velho se chamava Victor e era crente: os militares deram um jeito nele. Os sinais estavam trocados, não importa, no fim o resultado seria o mesmo. É o destino."

"A qualquer hora cada um encontra sua hora", a senhora Preta e o marido eram agora outras cadeiras na mesa.

"Você é uma filósofa, Preta. Uma filósofa magra é melhor que dez gordas."

"Quem falou isso é um otário. Não há filósofa, no feminino", falou Aristeu. Tive medo de Tomás retomar o mundo das baleias. Não deu outra:

"Sim, Aristeu, como as baleias. São bichos extravagantes. Machifêmeas."

Na outra mesa o assunto não variava: a vida secreta dos casados e desquitados. Até o maldito fã ter entrado na conversa eu já havia bebido três doses de uísque com soda e as conversas agora se embaralhavam.

"Soube do professor Anísio? Foi preso."

"Não", o outro responde, "caíram com ele no fosso do elevador."

Fico sem saber quem é o professor, porque foi preso ou se a informação é verdade ou mentira.

"'Eu ofereço luta, perigo e morte', assim fala o Cristo na nossa igreja", disse um passante bem parecido com Jim Jones.

Tomás – "Sonhei que atravessava as chamas e a fumaça e salvava o animal. Logo eu?"

O Jim Jones – "Sonhar não faz mal a ninguém."

Tomás – Bom é que os sonhos fossem como a vida.

MELI – Você quer dizer que a vida fosse como os sonhos, não?

TOMÁS – Não. Quero dizer: só se vive uma vez. Então que só se sonhe uma vez. E nenhuma mais.

Meli olhava para mim?

MELI – Talvez ela não queria acordar.

TOMÁS –Ela, ela quem?

MELI –Como você bobinho, Tomás. Até um cego.

Minhas mãos estavam suadas e me virei para o outro lado da mesa:

A garotinha Pichelá bebia e lamentava – Por que ninguém me ama, por que ninguém me quer?

SARARÁ – Se eu não *bolero* nem a mim mesmo, como vou me casar? As únicas mulheres sérias que vemos deitadas são as mortas, e ninguém de sã consciência quer dormir com elas.

MELI REAGIU – Se minha mãe escutasse teu discurso, iria te dar uns bofetes, isso aconteceria, pode apostar.

SARARÁ – Não seria necessário. Não necessito que me façam mal. E com outra vantagem: não tenho um filho. Só lutando muito consegui tudo o que tenho.

PERROTI – Vamos parar com os exageros e com o drama: há exemplos de casais não somente harmoniosos, como indistinguíveis.

O Berne gritou de lá, detrás da máquina registradora – Eu quero ouvir. Quais, professor?

Perroti respondeu, alto – Voltaire, por exemplo, o filósofo: casou-se com mulher tão feia quanto ele. Diziam de ser tão feia que uma vez, quando um homem simples da aldeia visitou o casal, estarrecido com a semelhança entre o homem e a mulher, perguntou: qual de vocês dois é a senhora?"

Não me embebedo fácil. Tentava me manter flutuando. Procurava a deixa para sair dali e talvez caminhar pela noite de Cromane até a pensão e remoer minhas próprias assombrações. E pensava: "Ah enfim uma noite esquecível."

"Há muito tempo eu vivi calado, mas agora resolvi falar", disse o filósofo da mesa. "Fim de papo. Já passa de dez anos isso. Os restos mortais de Hernandez foram velados na casa funerária Jardines del Recuerdo. No entanto, a multidão cresceu sem controle em torno das veias estreitas do centro. A Marinha foi forçada a transferir o caixão para um lugar maior: a câmara de vereadores da ilha. Em dez minutos não se podia andar em torno do prédio e a Aeronáutica transferiu Castilho para o palácio do governo e depois para o estádio de futebol, mas não é preciso antecipar do quanto isso foi inútil, as torcidas pagaram ingressos comovidamente e Castilho Hernandez iria precisar de mil vidas para ver cada rosto pelo vidrinho do caixão. O Exército conduziu o féretro para o canavial e ergueram ali um coliseuzinho de nada para o grande herói da música, e celebraram missa ecumênica, depois de lerem dezenas e dezenas de telegramas dos amigos de palco, como Rafael Orozco e Jorge Oñate. Ao final, cantaram seu sucesso *Dime, pajarito*, e isso foi um dos pontos altos do espetáculo, porque as pessoas desmaiavam, desidratadas de tantas lágrimas que choraram."

"Descansou."

"Nada. De lá, o cadáver foi transferido em carro aberto, em uma enorme procissão de carros e cavalos, seguidos do alto pelos helicópteros da TV, por 64 quilômetros até Barranquilla do Sul e, de lá, todos a pé, exceção óbvia Castilho, mais seis quilômetros montanhosos até o Cementerio del Silencio, na fronteira Brasil-Argentina-Paraguai.

"Descansou."

"Bom, pelo menos ali estaria em paz, sepultado."

"Deputado?", perguntou de lá Tomás.

"Estaria? Não descansou?", quis saber o outro.

"Um empresário venezuelano teve a feliz ideia de sair pela estrada com o corpo numa última temporada, com um desses temas apelativos: 'Castilho, o show não terminou'.

"O show não pode parar", me lembro disso. Você não se lembra, Berne?

"De mau gosto."

"Mas as carnegie halls estavam lotadas nesses shows. Relançaram seus discos. Não sei como, gravaram "*Invincible*", que toca nos cultos e nas boates, dez milhões de cópias. Sua careira póstuma superou à da cantora Big-Biggie. Não fale bobagem. Muita gente ganhou *plata* naquilo que você considera feio."

"O importante é a pessoa ganhar o dinheirinho da pessoa."

O homem continuou:

"Na Colômbia e na Venezuela, onde houve até transmissão ao vivo dos shows, muita gente viu Castilho Hernandez se levantar e cantar."

"Um truque de câmera?"

"Uma jogada de marketing", palpitou Sarará.

"Sabemos lá os truques e as jogadas da morte, e da vida?"

Berne atravessou o balcão de mogno e voltou à nossa mesa. Trazia umas revistas de fofoca, antigas. A substância dos jornais, o espírito das biografias, a carne das revistas, os ossos das redes são a praialma e o corpoceano de qualquer artista.

"Olhem, pode haver mais lá dentro, mas nesta a gente vê Castilho Hernandez em vários ângulos. Um traidor. Veja, aqui está ele ao lado do presidente. O general, a esposa, o cantor, o castelo. Sujeito asqueroso."

A revista circulou. Folheei fingindo não me interessar pelas fotografias. Quanta gente em revista. Na página onde Castilho Hernandez posava enfiado em um casaco de couro de golas altas, em Bariloche, quatro fotos menores apareciam: Nemo, Hudson, Livi e Mauel. Minha espinha se enrijeceu como se tivesse contraído tétano. Meu coração outra vez me traía e fiquei tonto.

As pessoas estavam a quilômetros. O ar penetrou nos meus pulmões e ficou ali. Pensei que morreria. Era uma imagem de cera. Meus lábios estavam gelados. O maestro Mauel León: seu rosto começava oval e o queixo era um corte repentino, reto, horizontal. Sua boca era a clave de Dó deitada.

Rostos amigáveis no escuro por tempo demasiado. Nenhuma foto no mundo falava ou gritava mais que aquela do grande Nemo Compagno. A fotografia me fazia revirar a tripas, em silêncio. A sensação de ele estar agora vendo as fotos sobre meu ombro me aterrorizou. Meu amigo Nemo. Que tudo fosse o contrário e fosse eu a fotozinha e você a página inteira, meu amor.

Nemo era o mesmo rosto triste por detrás da máscara. Olhei para seu verdadeiro rosto. A testa franzida, o homem sob a tonelada de um grande segredo. Não importa se vocês o vissem sorrindo ou beijando garotas nos filmes e cantando *agitatos*. Morava na sua própria escuridão, contudo pensava nas pessoas, no sofrimento, nas injustiças. Aquele era Nemo. No particular, ninguém pode ter sido mais traído que ele. Teve cinco esposas: Celia, Dalila, Teodora, Marta e Déa, todas muito ossudas, todas da plebe, operárias, vendedoras, gentes simples, as mais gastadoras. Quando Nemo andava na rua os fãs tinham vontade de abraçá-lo por causa de tantas tragédias sexuais.

Qualquer coisa em Nemo implorava o tempo todo por elas, não que fosse mulherengo: precisava delas para viver, ser traído, morrer, ser devorado por elas. De novo, volta à cabeça a imagem de cupins devorando uma casa; ouço os insetos mastigarem as paredes, uma música para os tempos de guerra, de ferro, de aço.

Quando andávamos mais juntos, lhe perguntava:

"Cara, você está de novo um porre, Delmiro?"

"Não gosto que me chamem de Delmiro."

"Sim, esqueci, é que você está ficando impossível, Nemo."

"Deixe-me, Castilho."

Ele falava de não aguentar mais as pessoas insistindo para ele se superar, dia a dia, entregar novas canções, a vida de sucesso, enfim.

"Cara", repeti. "É isso?"

E continuei:

Você não pode estar falando sério. Se é por isso, quero seus problemas pra mim."

Ele me olhou com desdém:

"Você terá, rapaz. Um dia. Não faz ideia do que está pedindo."

Nesse tempo ele começou de verdade a sumir. No mesmo dia bebeu tanto uísque que ficou falando sozinho se imaginando em cataratas e sumidouros de rios. Tentei ajudá-lo a subir até o quarto, e dessa vez ele foi mais grosseiro:

"Não preciso de você para nada."

Resultado: tropeçou no degrau, abriu seis pontos na testa. Quando corri para socorrê-lo, foi mais feroz ainda e me impediu. Preferiu a ajuda de um motorista de táxi.

"Não preciso de você para nada, se afaste de mim", repetiu.

"Deixe-me ajudar. Você está sangrando."

"Não é problema seu."

Essas lembranças me matam por dentro. Eu poderia ter insistido mais com você, Nemo. Você se tornou uma alma resmungona, sempre achando que o nosso mundo festivo devia algo à miséria do mundo.

"Você precisa voltar a dar valor às alegrias simples da vida. Não dá para ser mais um dizendo como o mundo deve ser, Nemo. Exercitar o *sim*."

Insisti demais, até. Mas você.

DOENÇA

Meli se aproximou. Tomou a revista das minhas mãos. Passou-a para outra pessoa na mesa.

"Você está bem?"

"Estou. É que sou uma pessoa doente."

"Doente?"

"Fui operado a coração aberto. Tomo medicamentos para o pericárdio e contra a melancolia. Lugares assim me atordoam e me ponho a suar."

Ela tocou minha testa, meu pescoço e senti as veias palpitarem. Tocou minhas mãos e me envergonhei um pouco das manchas da velhice.

"Sim, eu vejo. Você está gelado. Derretendo."

"Senhor Inácio", falou a mulher do homem vestido numa camisa verde, com os olhos de mosca. "Se não for o senhor, eu não sou eu mesma. Por que o senhor se esconde de nós?"

Eu a olhei e a voz não veio para responder. Minhas emoções se misturavam pela segunda vez no dia. Minha cabeça ainda estava no Disneylandia Drinks. Então as lágrimas vieram.

"Inácio, meu velho, você é só um chorão?" gritou Tomás. "Não me foda, cara. Detesto todo tipo de molenga."

"Se cale, Tomás. Você é outro babaca."

"Sim, deixem o homem em paz. Acabo de ouvir de ele sofrer do coração, não é?", perguntaram ao homem na outra mesa.

"Eu falei no sentido figurado, sofre de amor, suposição minha."

"Que é ele o Castilho, é ele. Senão, por qual motivo choraria?"

"Se cada bêbado que chora numa mesa de bar fosse um cantor..." o bêbado falou. Todos riram. O bêbado se vestia como um romano ou um judeu. A túnica azul, os bordados de ouro, os gestos de prata.

"Não se engane: este homem não está bêbado", ele apontou o dedo para mim do alto de seu sinédrio particular.

Alguém mais sensato disse a frase mais correta:

"Não há desculpas: ninguém aqui está bêbado. Somos como somos."

Meli me entregou um saleiro. Derramei o sal na covinha do polegar e do indicador e comi. Bebi um pouco do uísque.

"Tudo isso faz bem", me disse Meli. "Mas você precisa ir ao médico."

Na semana passada havia ido a um. Ele não estava bêbado como um filósofo. Ele não foi lírico nem poeta. Ele olhou os exames na tela. Ele falou da doença.

"Onde?", perguntei.

"No estômago."

"De que tamanho?"

"Do tamanho de uma hóstia", ele respondeu.

A franqueza é a melhor das religiões.

Eu sentia falta desse tipo.

De novo estava dentro dessa grandiloquente flutuação. O assunto nas mesas virava e revirava e variava. Tomás:

"Vou receber uma carrada de ganso e porco da raça inglesa. Será minha glória. É muita responsabilidade. Se não for dessa vez, anda perto: vou mandar o patrão para o inferno. Tá escutando, Inácio?" Depois falou para os mais próximos: "A patroa vocês já sabem, é do abate."

Riram. Beberam. Beberam. Riram.

"Esse mequetrefe é impuro e ingrato", ouvi a mulher do eletricista falar.

"Ele tem a doença como desculpa. E você?", Meli disse, dando um tapa nas espáduas da mulher.

A dor fez a tagarela arquear as costas e depois disso ficou um segundo em silêncio, enquanto todos a observavam. Eles olharam para sua careta, uns fizeram outras caretas, de asco, e voltaram aos seus assuntos. Como ninguém tomou partido por ela, a mulher se virou e foi embora.

O assunto reverberava:

"Vocês não sabem de nada. Pois agora eu vou contar a verdadeira história. Esse cantor esmolou pelas ruas quando jovem, ele e sua mãe-mendiga. A vida troca de sinais incerta hora e por conta da sua música, daí ele chegou a jantar na Casa Branca."

"A dos filmes?"

"E com o homem mais formidável do mundo. Quando abriu o convite dourado, Castilho, que antes era o menino-mendigo Cabral, pediu para a mãe-mendiga colocar um vestido o mais simples e levou-a ao jantar e o presidente se encantou pela velha."

"Que presidente foi?"

"E importa? Todos têm a mesma cara lavada. Importa o cantorzinho Castilho-Cabral-Hernandez ter se tornado um anarquista-crente, e entre suas proezas está a de ter feito chorar e sorrir ao mesmo tempo a senhora de Calcutá, os presidentes e os reis e o papa."

O homem distraído ou deprimido, terminou sua história de Castilho:

"Morreu de um balaço, na Guatemala, depois de fazer da vida a verdadeira *tournée*, de girar a roda-gigante e ter amado 150 mulheres pelos 150 países por onde viajou, sem nunca querer casa nem carro nem cartão de crédito de nenhuma bandeira nem usar cordas metálicas no seu violão. Nem usar outra voz senão a sua, de aço, a que o diabo e o povo das ruas lhe emprestaram. Um homem sem parada, com um grande destino. Ao fim a bala perdida sempre encontra a cabeça ou os testículos certos para rachar."

"O homem é este ou não é este?"

"Sim, só porque eu creio em hologramas."

"Castilho Hernandez?" Ouvi outro grito. "Ora, o homem morreu de estafa, me contaram."

"Foi enterrado vivo, e logo desenterrado, errado, errante e berrante. Assim pagou por todos os pecados."

"Menos pela cobiça."

"Sem dúvida, está vivo ainda, porém entre colapsos e colapsos nervosos, num sanatório, no estrangeiro."

"É verdade? O senhor entregou seu amigo?"

"Neurastenia, colapso nervoso, trauma, estafa, só pobres enlouquecem de verdade neste país, varão?"

"Doideira."

Eu poderia me levantar e cantar. E calar os filhos da puta. Melhor não. Eles não se calavam.

Nem mesmo o homem chamado Clemente Jesus, na outra mesa. Ele bebeu longamente e o idioma da infância falou:

"Jorge Cafrune, el Turco Castillo. Yo era un niño y me gustaba mucho, y mi padre siempre se despertaba a las 5 o 6 de la mañana y ponía la radio en un programa que se llamaba "Amanecer Criollo". Entonces escuchábamos mucho folclore y a mí me gustaba, especialmente porque cantaba músicas sobre caballos.

Y en realidad, el final de la vida de él, fue en la época de la dictadura militar, porque inventó de ir de Buenos Aires a Yapeyú, en Corrientes, lugar de nacimiento de San Martín que es el mayor prócer de Argentina, a caballo, por la pista con otros dos colegas. Y fue atropellado en una manera muy misteriosa y por una persona ligada a un escuadrón de la muerte que hubo en Argentina y que se llamaba las tres A, Alianza Argentina Anticomunista. Tal vez inspirados en las tres K. Las tres C brasileñas. Siendo pequeño, mi padre nos llevó a una doma de potros, en realidad un festival folclórico que incluía doma de potros, carrera de sortija, competiciones vaqueras, digamos, gauchescas y con números musicales. Y se presentó Jorge Cafrune, o el Turco Castillo. Y yo estaba en primera fila con mi viejo, era un tablado, simple. Y le gustaba el vino a este hombre y parece que cuando subió a cantar estaba un poquito, ya… picado. Y comenzó a cantar una canción que la escuchábamos mucho en casa; creo que teníamos el disco… y yo había partes que le soplaba la letra, dice mi padre que yo le soplaba la letra porque se perdía un poco. Así que… lo tuve muy próximo. Castillo Hernandez. Castillo tenía una barba regrande. Y mi tío, que también era del campo y al que le gustaban los chistes, decía que él se sonaba la nariz en la barba.”

“Como?”

“Ele assoava o nariz naquela barbona”, traduziu o eletricista.

“Onde está Compagno, você pode dizer pra nós, Castilho Hernandez? Quem matou Nemo Compagno?”

“Eletrochoque.”

“Este aqui só pode ser um impostor. O verdadeiro Castilho vive no interior, mora de aluguel, vive de favor.”

“Nemo Compagno, hein? Que homem. Que artista. Você dedurou Compagno, porra?”

“Claro que não, mulher, deixo-o ou ame-o”, respondeu o marido. “Fui da polícia da Aeronáutica. Pior não eram os comunistas. Piores são os alcaguetes. Não sobreviveram na nossa mão. Ele não estaria vivo, tenha certeza. Agora me ouçam e chega. Minha versão é a oficial, pois sou oficial da Aeronáutica: Castilho Hernandez foi traído pela namorada com seu melhor amigo. E por desespero assassinou os dois e fugiu para Cuba. Mais exatamente para Varadero, e terminou seus dias como garçom num hotel de praia."

"Tem razão, chega de distração, vamos comer, vamos dançar, vamos beber, vamos trepar", disse a menina Pichelá.

"Não. Vamos terminar o assunto", respondeu Davisi, o cara do rádio. "Não preciso da confirmação. Ele *é* o cantor Castilho Hernandez. Um covarde. Quem trai um amigo é capaz de roubar e dar o rabo. Não dá pra confiar. Quero que ele se retire da nossa mesa."

"... Roubar e dar o rabo. Essa foi boa. Inácio, você é um bicho-baleia?", gritou Tomás, dando gargalhadas.

"E não foi o contrário? Não foi Nemo e os amigos que traíram o coitado?"

"Para amigos que se amavam até a raiz da unha e da carne, qualquer final é infeliz", alguém leu numa manchete na revista velha.

*

"Você estava certo, Nemo. Eu deveria seguir em frente, ter deixado tudo para trás."

"E também lhe falei do quanto você merece uma vida melhor, Castilho, ou como você quer que lhe chame?", a voz podia ser de Nemo. De Brigite. De Céleste. Do meu tio.

"Chega", gritou Meli. Vou explicar o porquê do senhor Inácio ser o senhor Inácio e ninguém mais. Vocês querem as versões dos fatos ou a realidade?"

"As versões, as versões."

"A realidade. A realidade. A realidade."

Eles ficaram em silêncio. Meli tinha o dom do envolvimento.

"Meu pai passou a minha infância falando de Castilho Hernandez. Meu pai era o guitarrista d'*The Billiard boys*. Havia uma foto sua, jovem, no porta-retrato, sobre a TV de casa. Era a foto da banda.

"Se detenha aos fatos, moça", disse o advogado bêbado da cara vermelha.

"Ah, os *Billiard boys*", comentou a mulher da mulher de dentro da garrafa. "Esses eu conheci, vi tocar nos vesperais. Eles foram um sucesso."

"Que nada. Nunca saíram de Cromane, querida", respondeu Meli. Meu pai desistiu. Quando morreu, deixou pra gente um lema como herança: 'O sucesso é o que mais fracassa em Cromane. Cedo ou mais cedo ainda, o fracasso vence."

"E mais o quê? Conclua, imbecil", disse a mulher do eletricista, de volta à mesa.

"Na foto, Castilho é bem jovem."

Meus olhos se injetaram de luz e dor. O tempo dispara suas luzes.

Ela continuou:

"Durante anos, até a morte, meu pai colecionou matérias e matérias sobre Castilho. Seu quarto era um museu. A casa toda era um exagero de acúmulos. Era impossível tirar algo dali sem matá-lo. Os amigos telefonavam e davam notícias do país e do mundo da música."

Meli agora era uma moça compenetrada, as mãos sobre a mesa. Dava para saber que visitava memórias dolorosas:

"Meu pai estava de pijama no sofá. Aí ele recebeu o telefonema. Estávamos na sala com ele. No final, desenvolveu uma tristeza sem cura. Sempre havia alguém com ele e naquela hora estávamos os sete lá de casa sentados onde não repousasse uma montanha de discos ou livros ou tralhas."

"Já lhe adverti, moça, os fatos, os fatos."

Com exceção do advogado, todos ouviam Meli. Ela era um farol. Um ímã.

"Um telefonema?", Aristeu estava voltando do banheiro e quis saber, mas resmungou:

"Castilho Hernandez é como nosso presidente: está morto', disse a voz do outro lado."

"Caramba. Que dureza.", Sarará e Perroti falaram ao mesmo tempo.

Não me lembro o nome da mulher, digamos que se chamasse Zuzu, a mulher do eletricista:

"Quem ligou para seu pai? A polícia? O Chacrinha? O psiquiatra do seu pai?"

Meli não comeu a isca da rival e respondeu serenamente:

"Um velho amigo do meu velho: o próprio Nemo Compagno."

Olhei para ela e minha respiração se acelerou mais ainda.

"Não, não é possível", eu disse.

"Foi, sim, senhor Inácio. Papai fez uma ou outra *tournée* com Nemo, sem a banda. Foram amigos."

"Como se chamava seu pai?"

"Seu pai se chamava Nat King Cole, por acaso, Meli-rainha-da-mentira?" Claro, era a voz de Pichelá.

"Inácio, o nome do meu pai era Gilliard."

Berne estava outra vez de passagem pela mesa e disse:

"Conheci seu pai, Meli. O maior guitarrista de Cromane de todos os tempos. *The Billiard boys* se apresentaram muito aqui. Vou botar o compacto pra tocar outra vez, agora. Ele atravessou a parede e o balcão para colocar o disco.

A mulher insistia:

"Alguém liga para o hospício e, claro, não fala com o papa. Fala com doidos. Um telefonema não vai nem vem. Não prova nada. Eu odeio essa música, essa moça, essa *musca*."

"E estas páginas, com fotos do funeral de Castilho, são suficientes? Pra doidas como você nem Jesus descendo do céu."

"Tolice. Nada é mais facilmente substituível do que um morto. Com ou sem caixão."

A radiola do Berne pulou a faixa e começou a tocar "*Welcome to my world*", com *The Billiard boys*. Cantei "*Welcome...*" com eles naquele dia, no Desilu. Podia vê-los de novo, todos nos apertando na saleta com a plaqueta em papel jornal: "ESTÚDIO." Seus rostos se dissipavam agora e outros vultos de outro mundo se cristalizam como bombons brilhantes quando são desembrulhados: os rostos do Disneylandia Drinks nunca vão me abandonar? Não há outro mundo para além do Disneylandia Drinks, onde tudo era permitido. Nada existe além dos três amigos pintados no paredão.

Meli me tirou desse lugar e me pegou pelo braço.

"Vamos dançar aqui fora, venha."

Deixei-a me arrastar. Cruzamos a porta, segurei-a pela cintura. Não iria dançar coisa nenhuma. Preferi segurá-la com firmeza. As mulheres com trinta anos. Não há como dizer nada sobre tal eletricidade.

"Você se sente melhor?"

"Tenho visão dupla, como se minha cabeça fosse atingida por um corpo celeste. Estou enjoado."

"Respire. Respire, com calma. Vai passar."

"Conheci seu pai. De alguma forma, devo algo a ele."

"Reconheci você logo na entrada."

Abracei Meli com mais força a tempo de cantar os últimos versos da canção, junto com *The Billiard boys,* ao seu ouvido:

... Bata e a porta se abrirá
Seek and you will find
Peça e você terá
A chave this world of mine

Eu estarei esperando aqui
Com os braços abertos
Esperando por você
Welcome to my world...

E continuei cantando, mesmo depois de se calar a voz, atrasada, de Labanca, a guitarra do velho Gilliard e de os trompetes silenciaram:

Welcome to my world
Won't you come on in
Milagres creia em mim
Ainda acontecem

Entre no meu coração
Deixe as preocupações para trás
Bem-vinda ao meu mundo
Built with you in mind

Meli estava com os olhos fechados e me lembro de ela dizer gemer: "An-hã", "Oh", "Yes", enquanto a voz de Castilho Hernandez penetrava na sua cabeça.

"Que história, a do telefonema, hein?", perguntei, depois.

"Serviu para afastar gafanhotos e mariposas. Você agora está livre."

"Verdade?"

"É como perguntar se é verdade quando se sonha dentro de um sonho. Você já sonhou que sonhava?"

"Não. Vivo acordado em um tipo de vigília e dentro dela existe outro tipo de vigília e outra mais e nunca durmo. Para não sonhar, talvez."

"É mentira. Já vi pacientes com insônia a ponto de pedirem para morrer. Mesmo assim sonhavam. Sem sonhar ninguém vive. E você veio fazer ou sonhar o quê em Cromane?"

"Como em tudo na minha vida, incluídos os sonhos, Meli: perder tempo. Nada se recupera."

"Nossa, com quem você aprendeu a fazer tanto drama? Você só está aborrecido com as pessoas lá dentro. Ou aí dentro. A vida é navegar. É descobrir. Tudo passa."

Ela parecia vários cartões das edições Paulinas lidos de uma só vez.

"Terminei por descobrir várias coisas, hoje", lhe disse.

"Jura? Conversando com eles ali todos os dias nunca aprendo nada."

"Pudera. Não sei como terminam a noitada sem atirarem uns nos outros."

"Às vezes ocorre."

"Loucura."

"E quais as novidades?"

"Talvez componha ainda a Grande Sinfonia Para Bilhar. Está parte na minha cabeça."

"Tempo perdido. Ninguém vai ouvir."

Suas palavras faziam retornar a mim o desastre, o acidente elétrico, o choque entre nervos comovidos, o naufrágio, a derrota, o estroboscópio.

"Quando será que veremos a vida, Inácio..."

"Não sei, Meli. Isso me faz lembrar de necrológio antigo. Sei de cor. Sei tudo de cor. Já lhe falei da minha memória sem falhas?

"Quase sem. Já."

"O público, em geral, nada tem com um homem que passou pela terra sem o convidar para coisa nenhuma, um forte engenho que apenas soube amar a arte, como tantos cristãos obscuros amaram a Igreja, e amar também aos seus amigos, porque era meigo, generoso e bom."

"Quem era? Um santo?"

"Lá em casa, meu pai nos ensinou a decorar logo essas palavras, e depois o Pai Nosso."

"E quem era o santo?, me responda."

"Artur Hieronymus P. de Oliveira, meu triste tio Hieronymus. Sim, um santo, assim o fez meu pai."

"Que idade tinha?"

"Foi dispensado do Exército para se meter no seminário."

"Esse não é o sonho dos marmanjos? Se livrar do quartel, sem perder todas as armas? Por que ele foi dispensado?"

"Não combinava com a selva. Foi liberado por conta de seus delitos de delicadeza, digamos."

"Delitos de delicadeza?"

"São piores que os delitos de opinião, mesmo em tempos como aqueles. Além disso, levou o atestado de vocação assinado pelos padres. Era um artista."

"Do que ele morreu?"

"Na família dele morrem de repente."

"Que arte praticava?"

"Tio Hieronymus? Ah, a arte da equitação. A arte da fé. E de fazer amigos."

"Delicado. E era rico? Equitação é esporte fino."

"Nada. Que nada. Somos pobres desde a primeira pera do mundo. Aprendemos tudo sozinhos. Meu pai aprendeu a carpintaria ainda garoto, lendo a bíblia. Eu, a música... bem, nasci em casa. De parteira. Minha mãe contava que nessa hora todos os pássaros do sítio vieram cantar na grande pereira que havia no quintal. E suas abelhas se enxamearam nas janelas e deixaram ali sua cera. Então foi isso. Meu tio Hieronymus aprendeu a equitação pela TV, com o Zorro e o Roy Rogers ou os apaches ou com o Tex dos livrinhos de bolso. Coisas de Deus."

"Ele teria mais chances como cavaleiro no Exército, não? Os cavaleiros do presidente..."

"Os Dragões da Independência? Isso era pouco. Ele sonhava mais. Meu pai leu para nós a carta: 'Serei Cavaleiro da Santíssima Cruz, do Divino Espírito Santo.' No outro dia recebemos o terrível telegrama."

"Pena, nem isso nem aquilo."

"Pois é, a Montanha do Quase, o Mundo do Quase. Viemos desse mundo."

Andei um pouco mais para o meio da rua. As pedras eram lisas como espelhos e voltava a chover, levemente.

Break.

"Como você sofreu, Castilho."

De novo, quase agradeço. Seu rosto estava muito perto do meu e minha visão estava ainda turvada, dupla, embaralhada e fugia um rio por cada olho. Tentávamos ouvir outras vozes, interiores, superiores à nossa própria, e sua voz aquecia meu coração:

"Sinto isso, também, só não sei dizer assim bem dito, Inácio. A vida é o que é para cada um", Meli falou no meu ouvido.

"Tolice. Vamos deixar disso. Minha vida é relativamente simples."

Dei uma pausa e voltei a falar para Meli a ponto de meus lábios tocarem sua orelhazinha sem brinco.

"Era uma pessoa alegre. As abelhas de meu coração fizeram ninhos e me transformei em uma pessoa aguda. Não avarenta, se parece. Entendo o quando a vida é grave. E quando ela passa."

Outro *break*.

"É preciso algo mais que a transcendência na vida. Há valores diferentes..."

"Transcendência?", Meli lamentou. "Sou auxiliar de enfermagem, Castilho Hernandez. Suas palavras às vezes fogem da minha compreensão. Não vou além das injeções. Podemos falar de Benzetacil? Aqui o senhor está aplicando pedras aos porcos."

"Pérolas... Jogando."

"Foi o que eu disse, Castilho. Você escutou o quê?"

***

O que estou fazendo? O que acontece comigo? Estou no Berne, na Cidade Estranha, com estranhos. Estive sempre com amigos, antes, mas agora não recebia convites para cheirar, beber, mais nada, nem era mais carne para os noticiários. Assim, não me demoro em comemorações. A vida longe da música é de aborrecimentos, ela me levara a tantos lugares, ao Japão, à Tailândia, duas vezes à Europa, ao Chacrinha tantas vezes. Em uma dessas, não me lembro ao certo, nem importa, me encontrei com Caetano Veloso na coxia de um programa de TV. Era ainda o homenzinho magro com cabelos de vento. Tinha a tiara prendendo a juba, e falava arrastando um sotaque sempre grave:

"Isso aqui é um zoológico, cara. Quero ir embora daqui", e já ia mesmo quando lhe peguei pelo braço.

"Somos iguais, Caetano. Vamos para o mesmo lugar, eu e você: a glória. Você só precisa ter calma, poeta."

Caetano apertou minha mão e se emocionou com aquilo. Não sei mais dele senão por ouvir falar. Devia tê-lo deixado desistir.

Quem dá mão ao outro quando não tem nada, desperdiça o talento. Perde sua própria energia. O doutor Rampa estava certo: "Como salvar o outro se você não está salvo?" A verdade? Caetano é Caetano, a flor tropical irritantemente jovem e arejado e hoje Castilho é só essa sombra viajando sem volta para as trevas do coração do país. Quando invadissem meu passado poderiam encontrar centenas de recortes de jornal dentro dos livros, nas caixas. Recadinhos para mim mesmo, letras de boleros, panfletos, pôsteres, tudo aquilo que minha memória resolveu abandonar, para sobreviver em busca de paz. A guerra é cara. E a paz é mais ainda. Notas para biógrafos sobre a verdade. A descoberta de que na vida ninguém é espectador.

Quando saí de Cromane tinha um violão e quinze centavos. E estava desesperado. Quando era ainda jovem na profissão e tudo começou a dar errado, eu dizia a todos: "Saí de Cromane com um violão e quinze centavos, droga. Posso voltar, ou ir para onde o diabo me enviar com isso, um violão e quinze centavos." A banda não toca dessa maneira. Hoje sei.

Meli estava brincando com as franjas do vestido e não me respondeu nada.

"Suportei bem até aqui, Meli. Sou um homem feito de ferro e erro."

"Não sei o que lhe dizer, Castilho. Talvez: 'Você é um homem bom.' É o que diria a meu pai, embora não fizesse diferença. Nos últimos anos ele estava, e era como se não estivesse. Aquela doença é terrível."

"Não há doença pior para o artista que não ser amado."

"Tolinho, há: a indiferença", ela disse. "Ele sabia. Você deveria saber mais que ninguém quando anda na rua, vai ao supermercado."

Dei razão a ela. Me lembro de Céleste e sinto o cheiro dessa fera, a indiferença. Pensava em Brigite. Nas gorettes, janeyres, lucydneys, em mil salomés de muitas cabeças. E olhava direto nos olhos da adorável Meli ouvindo a voz e as perguntas de dentro do seu tórrido e frenético coração:

"Você é meu tipo de cara, Castilho. Você parece tão terrível quanto eu."

Ou dando esperanças a pacientes terminais:

"Por que os caras legais sempre chegam por último?"

Você vê os flashes?

Somente eu solfejo as imagens?

Quando me despedi de Tomás e dos seus amigos, ainda zanzei por ali, atordoado pela música alta. A certo momento, lançaram muitas serpentinas dentro do bar porque entraram vários blocos de carnaval, mesmo naquele "set" de agosto. O pé esquerdo ainda me doía, daí me sentei à primeira mesa para não me arrastarem. A que horas tomei o comprimido, meu coração?

A gastrite voltara. Do nada. Do nada?

Queria ficar só. Olhei ainda Tomás. Ele vai descobrir que deixei a conta paga para todos. E uma rodada mais. Me lembrei do velho Castilho Hernandez, quando rico avarento, quando pobre perdulário.

Tomás acenou de longe, a alavanca sobre a mesa. Um minuto antes de eu olhar as ondas do fundo do bar. Espectral. Duas velhas mesas de bilhar. E irradiando em flashes de novíssimo *jukebox* a velha valsa "*Indifférence*".

***

E assim tudo segue, enquanto Cromane espera o dia no qual pousará a primeira e delicada abelhazinha, depois outra, depois milhares ou antes milhões. Seu ponto de partida será um jardim florido. Depois as pontes, os riachos e as florestas de eucalipto, os templos comerciais e as ruínas do futuro.

Entrarão pelas bocanarizolhos. Serão elas a única vozonomatopeia de um dia inteiro. Vão engolir cada um e cada uma nessa ilha das verdades excessivas. Uau, sim, Cromane, colmeia da perfeição da crueldade da perfeição.

Devorada por sua doçura de mel, a cidade-ilha voltará definitivamente para dentro da terra.

[finis]

Sobre o autor

Sidney Rocha[sidneyrocha1@gmail.com]escreveu *Matriuska* (contos, 2009), *O destino das metáforas* (contos, 2011, Prêmio Jabuti), *Sofia* (romance, Prêmio Osman Lins, 2014), *Fernanflor* (romance, 2015) *Guerra de ninguém* (contos, 2016), e *A estética da indiferença* (romance, 2018), todos publicados pela Iluminuras.

Este livro foi composto
com as fontes Minion Web e League Gothic,
impresso em papel *off white*, Pólen Bold 80 g/m²,
para a Iluminuras, em outubro de 2020.